常山元明诗词集

中共常山县委宣传部　编

浙江摄影出版社
全国百佳图书出版单位

《常山古代诗词集》编委会

主　　编：姜　敏

副 主 编：徐　焕　王有军　王新帅

编　　委：徐功富　吴欣颖　陈戎倩

江怡楠

责任编辑：贺　璐

装帧设计：浙信文化

责任校对：王君美

责任印制：汪立峰

图书在版编目（CIP）数据

常山元明诗词集 / 中共常山县委宣传部编. -- 杭州：浙江摄影出版社，2022.11

（常山古代诗词集）

ISBN 978-7-5514-4090-5

Ⅰ. ①常… Ⅱ. ①中… Ⅲ. ①古典诗歌－诗集－中国－元代②古典诗歌－诗集－中国－明代 Ⅳ. ①I222.74

中国版本图书馆CIP数据核字(2022)第151008号

CHANGSHAN YUANMING SHICI JI

常山元明诗词集

（常山古代诗词集）

中共常山县委宣传部　编

全国百佳图书出版单位

浙江摄影出版社出版发行

地址：杭州市体育场路 347 号

邮编：310006

网址：www.photo.zjcb.com

制版：杭州浙信文化传播有限公司

印刷：浙江海虹彩色印务有限公司

开本：889mm × 1194mm　1/32

印张：14

2022 年 11 月第 1 版　　2022 年 11 月第 1 次印刷

ISBN 978-7-5514-4090-5

定价：68.00 元

凡　例

1. 本书收录元明时期与常山有关的诗词作品。凡被收录者，或作者为常山籍，或作于常山，或内容描写常山，或为与常山人士的唱和之作，等等。底本由中共常山县委宣传部提供，底本中部分字迹污损、湮灭等无可考证之处，均以□占位。

2. 本书为普及性读本，故不作额外点校、注释。文中注释皆为底本原作者自注或本书编委按语。

3. 本书作者排列顺序大致按生卒年代，生卒年无考者则按其生平事迹约略推算。

4. 本书一般通用简化后的规范汉字。

序

诗词是中华文化的精髓，也是中华文化的重要标志。一个地方历代流传的诗词数量，往往能反映一个地方的文化底蕴。当地留存的诗词作品多，一来说明当地名士文人多，二来或因山川秀美或因人文荟萃而吸引各地诗人慕名前来游历留下的众多诗词作品，也反过来推动了当地文化的发展。可以说诗因地生、地因诗名。

浙江自古就是文化之邦，人文荟萃。一个有力的证据就是浙江“无论从诗歌发展历史的纵向看，还是从诗歌内容的深度、广度看，或从诗歌艺术的丰富多彩看，在中国诗坛上都是令人刮目相看的，甚至可以说是独一无二的”（徐志平《浙江古代诗歌史》)。从这一角度探究为什么自谢灵运始历代诗人能在吴山越水间为浙江留下四条诗词之路，能获得更多维度的解释。

当我们把视线投向已建县1800多年的常山，亦是如此。常山素有“八省通衢，两浙首站”之称，特别是宋室南渡建都临安（今杭州）后，常山因拥有常山港和草萍官驿，成为两浙连接南方诸省的交通枢纽，其在南宋的地位迅速提升。加之山川秀丽，引来历代文人雅士或游历常山或结识常山名士，在此流连忘返。贤达吟唱，名士寓居，常山的诗词文化也因此繁荣。

仅就宋代而言，北宋博学多才“善歌词”的王介（1015—1076）与王安石（1021—1086）、苏轼（1037—1101）、苏辙

（1039—1112）、曾巩（1019—1083）、赵抃（1008—1084）等人交往甚密，燕集酬答，留下不少唱和诗篇。南宋“中兴贤相”赵鼎（1085—1147）几度寓居常山，常常与范冲（1067—1141）、魏矼（1097—1151）等一批当地同好唱诗赋词，实为雅韵。南宋著名诗人曾几（1084—1166）的一首千古名篇《三衢道中》使人百诵不厌，常山是其经常路过与偕友出游的地方。爱国诗人陆游（1125—1210）晚年在招贤渡写下《晚过招贤渡》，诉说其面对支离破碎的南宋江山时内心的苦闷。“南宋诗坛四大家”之一杨万里（1127—1206）一生多次经过常山，留下了许多写常山的诗文，其中编入《诚斋集》的就有30多篇。豪放派词人辛弃疾（1140—1207）也为常山留下了一首《浣溪沙·常山道中即事》，描绘了一幅乡间恬静富足的温馨画面。“金川本是宋诗河，百里逶迤余韵多。且喜千年流不断，东风又起玉澜波。”历史上诗人们留在常山的数千首美丽诗篇，自古至今闪耀着绚丽的文化之光。

丰富多彩的历代诗词，积淀着常山厚重的人文底蕴，这是常山珍贵而丰厚的文化宝藏。

近年来，常山县委、县政府积极响应省委、省政府关于打造钱塘江诗路文化带的号召，依托常山丰厚的历史底蕴和独特的文化优势，充分呈现传统诗词文化的现代价值，为当地文化建设注入新的养分。在充分调研的基础上，根据自身的历史文化特色，常山县委、县政府于2018年做出了打造常山江“宋诗之河”文化品牌的重大决策，建设常山江“宋诗文化长廊”，新修建文昌阁、文峰塔等文化地标，建设“定阳里·宋诗城”、“中国宋园·三衢石林”、宋韵芳村未来乡村、赵鼎考古文化公园等重点工程项目，开发宋诗文化体验项目，将古寺、古村、古道、古居等场所串联成线，推动文旅深度融合。重视诗词文化的群众性普及工作，充分发挥诗词社团组织的作用，多次组织开展省级诗词采风、研讨等活动，成功创建“浙江省诗词之乡”。此外，常山还将宋诗元素融入城市建设和乡村振兴，加快宋诗文化产业开发，推动诗词文化的创造性转化、创新性发展。

值得称道的是，常山在钱塘江诗路建设中，较早地把具有常山鲜明特色的宋诗作为重点挖掘和运用的文化标识，创造性地以打造“宋诗之河”为突破口，大力推动整体诗路文化建设，成为浙江诗路建设的突出亮点，也正好与2021年浙江省委在文化工作会议上提出的实施“宋韵文化传世工程”、打造以宋韵文化为代表的浙江历史文化“金名片”的部署高度合拍，诗路文化与宋韵文化的建设在常山得到完美结合。常山被誉为“浙江省诗词之乡”，常山江被誉为“宋诗之河”，可谓实至名归。

传统诗词在当代仍然焕发着无穷的魅力和强大的生命力，在建设中国特色社会主义文化事业中具有独特的时代价值。因此，无论是开展诗路文化带建设，还是推动、弘扬宋韵文化，收集、整理、研究当地历代诗词都是一项必须要开展的基础工作。常山这几年已经精心汇编了《常山宋诗一百首选注》《常山宋诗三百首》《常山古诗词选》等诗词集。2021年，常山县政府又组织力量通过院校文献库、出版社资料库以及民间收藏等多种渠道，收集整理散见于《四库全书》、历代诗集、古人笔记、各地方志、本地族谱中的涉及常山的诗词作品约四千首，形成了《常山古代诗词集》。

《常山古代诗词集》以年代为序，共分4册，分别为《常山唐宋诗词集》《常山元明诗词集》《常山清代诗词集》《常山家谱诗词集》，蔚为大观，具有很高的文学价值和史料价值。历代文人以诗词的形式记录了千百年来他们在三衢大地上有关自然、人生的探索，对社会、时局的思考和议论，展示了常山各个时代的印记和地域文化的特色。诗词集所收作品律绝、古风并存，风格高古、浅近兼有，可以说这是一部纵贯 1000 多年的常山诗词文化史，功在当代，利及后世。《常山古代诗词集》的出版发行，为钱塘江诗路文化带增加了一道亮丽的常山色彩，为浙江宋韵文化“金名片”增加了一抹常山风韵。

对优秀传统文化的挖掘和传承，可以增加当地文化的广度和深度；对优秀传统文化的创新和发展，可以增加当地文化建设的生机和活力。我们完全可以相信，常山对常山古代诗词的深入研究和创新运用，必将对常山争创“中华诗词之县”，打造宋韵文化传承示范县，提升文化知名度，进而推动常山的文化与经济、社会协调发展，起到积极的作用。

是为序。

中华诗词学会常务理事
浙江省诗词与楹联学会会长　王　骏

2021 年 12 月 22 日

目 录

夏尚朴

徐 海

李庭（1194—1277）：字显卿，号寓庵，华州奉先（今陕西蒲城）人。金末避兵商邓山中，后辟为陕右议事官，元至元七年（1270）授京兆教授，有《寓庵集》《诗材群玉山集》等。

三衢道中宿含辉宫有怀故人

余霭散平川，遥林隐高阁。
道士出相迎，开门松子落。
故旧值干戈，踪迹应漂泊。
思君生夜寒，坐久衣裳薄。

编者注：《永乐大典》卷八六二八引李庭《寓庵集》。

王恽（1227—1304）：字仲谋，号秋涧，卫州汲县（今河南卫辉）人，元朝学者、诗人兼政治家，师从元好问，有《秋涧先生大全集》。

常山道中晚行

上登盘黄岭，人家住碧峰。
焚林人逐兽，竞渡水为龙。
水获无过夏，山行不识冬。
斜阳留绝景，不放晚烟烘。

衢州

其一

我历江南郡，凋残不似衢。
两坡称闹市，一炬变荒芜。
反侧谁无识，疮痍意未苏。
殷勤陈别驾，不厌拊循劬。

其二

早发三衢驿，开关放晓装。
江风吹帽侧，山月照衣苍。
马渡浮航水，鸡号野店霜。
烂柯[①]闻有局，无分蹑仙梁。

作者注：①州南三十里有天然石梁，长约数丈，谓之“烂柯仙界”。

食柑

黄柑香熟夜来霜，比似休官味更长。
道出三衢冬十月，石塘林圃记初尝。

送王司业嗣能倅衢州

前年持节使闽瓯，端是骑鲸汗漫游。
两浙江山真罨画，三衢风土似中州。
兵余独重疮痍苦，政异无逾孺子讴。
此去新诗更潇洒，所思多在望涛楼。

赠三衢儒医徐登孙升伯

徐卿奕世传医学，道济衢人蔚有功。
方自千金开寿域，肱非三折见良工。
经横乌几筠篱静，门掩朝晖药灶红。
我似病梨无可赋，略烦料理少陵骢。

方回（1227—1307）：字万里，号虚谷，安徽歙县人，南宋景定三年（1262）进士，授严州知府；元兵至，举城而降，授建德路总管，不久即罢官。著有《桐江集》《桐江续集》《瀛奎律髓》等。

呈吕使君留卿

大门昔有谣，吕氏一千中。华胄所自出，恭惟齐太公。
君伯先郡王，张韩刘岳同。百战护诸将，易名称武忠。
武忠棣华众，皆有远祖风。分阃仗斧钺，威望真非熊。
子姓几百人，人人俱英雄。人人俱智慧，人人俱疏通。
三衢今使君，尤其明且聪。剑光夜冲斗，玉气日贯虹。
好士出天性，坐满樽不空。民怀吏胆落，于物大有功。
驿马走中原，蹇蹇臣匪躬。北上夏云赤，南还春花红。
割牲饤鲊脯，邂逅孤山东。念此门下士，陋巷甘固穷。
昨者诸彦集，长裾织青葱。岂谓龙虎阁，着此垂翅鸿。
高怀极恋恋，莫景殊匆匆。愿言一转手，西江挂飞蓬。

金履祥（1232—1303）：字吉父，号次农，婺州兰溪（今属浙江金华市）人，南宋德祐初年，授史馆编修，不就；宋亡后不仕，讲学于严州钓台书院、金华丽泽书院、兰溪齐芳书院、仁山书院等处，学者称其“仁山先生”，著有《仁山文集》《通鉴前编》《大学疏义》《尚书表注》等。

三月十六日为某初度十九日又赵寅仲诞辰
俱在岁寒堂王先生皆为之设汤饼寅仲欲往三衢雷雨大作
诸兄留行置酒为寿作诗以贺

帝遣银潢一派来，日长春老起风雷。谁知年少贵公子，俨若儒先老秀才。

共作师门汤饼客，早期庭下彩衣来。明朝又上柯山去，更问长生要术回。

陆文圭（1248—1332）：字子方，号墙东叟，江阴（今属江苏无锡市）人。博通经史百家，兼及天文、地理、律历、医药、算术之学，著有《墙东类稿》。

送郭仁卿之官三衢

宪府自清要，胡为堕冗曹。
平反犹用恕，纠录肯辞劳。
才富家何瘠，官卑志愈高。
青云迟得路，胜我落蓬蒿。

送刘中斋孙归三衢

百花头上和羹手，乃祖声名似孝先。
太息北朝开府老，真成故里烂柯仙。
庆流冢嗣承先泽，学到孙枝又一传。
野叟临岐无别语，勤修世业复青毡。

曹伯启（1255—1333）：字士开，砀山（今属安徽宿州市）人，元世祖至元中，荐除冀州教授，累迁集贤侍读学士，进御史台侍御史，出浙西廉访使，卒谥“文贞”，著有《曹文贞公诗集》（一名《汉泉漫稿》）十卷。

登君山述怀次史同知[1]韵

大禹神功孰可拟，万水导之归一派。
滔滔江汉为朝宗，分破坤舆为两界。
朝烟暮霭难具言，一得凭观即疏快。
堂堂史卒文章伯，声若洪涛动澎湃。
登山临水悼兴亡，诗句瑰奇韵尤怪。
当时未能陪杖屦，想象风流尽堪画。
古今亦自重欢笑，醉摘头巾花树挂。
蓉城酒美风俗淳，绿橘霏微散香瀣。
天南地北江城客，从此好偿安乐债。
翻思巨猾旧相邻，心迹无聊时作噫。
区区刀笔何足论，自负巍峨益豪迈。

一方弗克知伪谩，二载何尝得真话。
岩廊步武皆若人，健士忽闻诛毒虿。
融融闾里发新欢，回首茫然事几败。
鹊来鸠去巢复完，急雨斜风任飘洒。
水边兴感遽多情，还笑书生性常隘。

作者注：①史阙祥，字阙舆，名儒，史绳祖学斋之子，眉山人，自号药房，后居三衢。

韩性（1266—1341）：字明善，元代绍兴人，浙东理学家，有文集十二卷。

送日者徐生归三衢

其一

滴露研朱正尔奇，不随詹尹但端蓍。
蓬莱归去诗成轴，更看山中一局棋。

其二

瓜地春风手荷锄，何劳布策问乘除。
杜门但愿身无事，剩写农家种树书。

送张生归三衢

张君湖海才，云梦吞八九。

中岁依丹房，袖此臂鹰手。
平生长沙论，字字皆上口。
刀圭一何神，囊封常在肘。
前年东入越，留滞偶然久。
宁知大药姿，未可立谈取。
纷披东篱菊，惨淡西门柳。
岂无逆旅叹，欲别终回首。
嗟哉桑中蠋，取与若士友。
采采齐房芝，因风能寄否。

编者注：载于《诗渊》四四二一页。

袁桷（1266—1327）：字伯长，号清容居士，鄞县（今属浙江宁波市）人，元代学官、书院山长，始从戴表元学，后师事王应麟，以能文名，著有《清容居士集》。

胡止水家三衢自言文定裔孙来京师三年念母以归前述家学二篇以相勉复成一篇以迟其来

其一

武夷春秋功，愤激渡江主。
宝书恣淆讹，竹简错编组。
素王鲁诸臣，旧史足征取。
是非纪其真，曲直粲可睹。

纷纷燕说徒，诬蔑增巧妒。
日月例愈深，灾异说弥蛊。
或言九世仇，晚岁进吴楚。
群公骨已朽，圣笔孰与语。
坐曹徒深文，曲学日旁午。
苦心抱遗经，愿言复师古。
泰元积磅礴，日月佐经纬。
煌煌往圣学，钩考合表里。
大道侔玄功，不偏亦不陂。
至静贯幽显，万变集蜂猬。
汉儒阎其端，逐物失听视。
旁行分户牖，蔓说糅泾渭。
缅惟五峰翁，正色直如矢。
谢彼憧憧徒，感物志愈肆。
室虚生至和，鼎渥实珍味。
归求真吾师，勖哉蹈前轨。

其二

神京郁嵯峨，冠佩清且扬。
秘丘积缣帙，琐窗烂琳琅。
有客愿从游，永言观国光。
或云是钧天，九关严且防。
朝望群马入，往来间成行。
彩凤鸣声悲，裂臆思绝吭。
知子亲见之，素心益徊徨。
希名养简默，勿为众所伤。

还家拜慈母，祝以永寿康。
春风戒重来，归雁同翱翔。

张可久（约 1270—约 1348）：号小山，庆元路（今属浙江宁波市）人，散曲家、剧作家，著有《小山乐府》传世。

中吕·红绣鞋·三衢道中

白酒黄柑山郡，短衣瘦马诗人，袖手观棋度青春。仙桥藏老树，石笋痉苍云，松花飘瑞粉。

黄钟·人月圆·三衢道中有怀会稽

松风十里云门路，破帽醉骑驴。小桥流水，残梅剩雪，清似西湖。

而今杖履，青霞洞府，白发樵夫。不如归去，香炉峰下，吾爱吾庐。

折桂令·肃斋赵使君致仕归

杏花村酒满葫芦，记竹马相迎，郊外先驱。清献家风，渊明归兴，尽自欢娱。荣故里名香二疏，播廉声恩在三衢。教子读书，黄卷青灯，玉带金鱼。

折桂令·三衢平山亭

倚栏杆云与山平，一勺甘泉，四面虚亭。隐隐浮图，层层罨画，小小蓬瀛。随月去长空雁影，唤秋来高树蝉声。客路飘零，天宇澄清，剑气峥嵘。

中吕·满庭芳·三衢道中

乌飞兔走，鸳煎燕焰，蝶怨蜂愁。眼前已是花开候，心绪悠悠。一百五日节人家插柳，七十二滩上客子移舟。添消瘦，寻花载酒，不似少年游。

程端礼（1271—1345）：字敬叔，人称畏斋先生，庆元县（今属浙江丽水市）人，曾任衢州路儒学教授，学宗朱熹，著有《畏斋集》。

送巡绰官汪仲罕知事还衢

棘闱深向浙江开，喜得三衢幕客来。
绕舍佩声秋宛转，隔帘花影晚徘徊。
群公共说青云器，丞相亲分白玉杯。
遍写新诗寄乡里，驿亭候吏莫相催。

萨都剌（1272—约1355）：字天锡，号直斋，元代著名诗人、画家、书法家。蒙古族人（一说回族人）。

常山纪行五首

其一

绿荫门巷掩柴扉，五月江南笋蕨肥。
何处清香来马上，满山开遍野蔷薇。

其二

山流涓涓山雨晴，村南村北鹁鸠鸣。
行人五月不知倦，喜听农家打麦声。

其三

石羊华表草离离，古木残阳立断碑。
马上不知何代冢，鹧鸪飞上野棠枝。

其四

石壁飞泉作雨声，野花满路酒初醒。
吾侬何事不归去，一带长山马上青。

其五

蚕妇携筐入桑柘，野猿抱子挂松萝。
绿荫门巷客呼酒，黄犊山村人唱歌。

和经历杨子承晓发山馆

梦回山馆月西斜，曙色千峰动紫霞。
杜宇一声山竹裂，鹏鸪飞上野棠花。

虞集（1272—1348）：字伯生，号道园，世称邵庵先生，谥文靖，祖籍仁寿（今属四川眉山市），迁居崇仁（今属江西抚州市），元大德年间入京，授大都路儒学教授，历任翰林待诏、翰林直学士兼国子祭酒、奎章阁侍书学士等职；长于诗文，著有《道园学古录》。

寄三衢守马九皋

闻道三衢守，年丰郡事稀。
诗成花覆帽，酒列锦成围。
鹤发明春雪，貂裘对夕晖。
扁舟应载客，闲听洞箫归。

朱思本（1273—？）：字本初，号贞一，临川（今属江西抚州市）人，元代地理学家，编绘《舆地图》，著有《贞一斋诗文稿》。

常山登舟

东浙三年别，重来异故吾。
负痾便坐卧，投老倦驰驱。

药裹凭谁检，诗囊只自娱。
江山如有意，雨后献新图。

张雨（1277—1348，一说 1283—1360）：一名天雨，字伯雨，号贞居子，钱塘（今属浙江杭州市）人，年二十余，出家为道士。

三衢道中三首

其一

大溪中道放船流，船压山光泻碧油。
三百里滩欹枕过，买鱼釃酒下严州。

其二

东风恶剧雨飞花，被底春寒水涨沙。
兰茝溪香小回首，一峰晴雪是金华。

其三

界道飞流山翠重，杜鹃无语杜鹃红。
归人一舸贪新水，浑堕丹青便面中。

徐再思（约1280—1330）：字德可，号甜斋，浙江嘉兴人，元代著名散曲作家，曾任嘉兴路吏，作品被称为《酸甜乐府》。

中吕·朝天子·常山江行

远山，近山，一片青无间。逆流溯上乱石滩，险似连云栈。落日昏鸦，西风归雁，叹崎岖途路难。得闲，且闲，何处无鱼羹饭。

李孝光（1285—1350）：字季和，号五峰，后代学者多称之“李五峰”，温州乐清人，元代文学家、诗人、学者，著有《五峰集》。

次韵薛公三衢石桥

其一

石桥风雨碧冥冥，天上神宫隔九京。
吐蜃斜连银汉白，垂虹遥度翠云平。
偶随木客来看弈，逢著仙人不问名。
便拟提携九节杖，烂柯山上访先生。

其二

丹梯路绝倚玄冥，上帝高居在紫京。
定有编书在黄石，欲将神怪卜君平。
鹤归日暮衔松子，人住山中识药名。

笞凤鞭鸾在何处，遥应隔海叫期生。

其三

赤斧丹城跨紫冥，上天官府玉为京。
云含雌霓朝先见，雷挟黄虬怒未平。
采药老翁犹避世，衔花幽鸟自呼名。
若逢仙子休看弈，乞授黄庭学养生。

次三衢守马昂书垒韵

主人歌且止，听我为尔歌。作垒不厌小，买书不厌多。地上小儿喜夸大，睚眦生怒如皤蛙。先生书垒止类巢，不树长戟兼横戈。清净如与圣贤遇，高明屡烦神物呵。却笑飞仙十二城，鬼工日夜长琢磨。其南通丹穴，其东蹴女倭。北引崆峒挹酒之长柄，西收西漠专车之木禾。啸歌聚族无不可，祓除安用索与傩？羽衣服妖踏白茅，朱鬘善幻言呿啰。而我先生不语怪，二氏羞伏面发酡。我垒何所有？但闻诗作魔。雕镂夺天巧，雅淡消众疴。我垒何所有？地窄安不颇。惟有屈宋字，文声锵然相戛摩。我垒何所有？而蓄礼士罗。罗致尽俊杰，往往为幺么。我垒何所有？而无白马驮。群书汗牛马，不涉流沙河。我垒何所有？而有太白力士靴。著鞭见天子，竟往金鸾坡。我垒何所有？而有韩公紫玉珂。通籍引金阙，不愧国老皤。先生宁钝不为铦，宁方不为讹。窃闻先生骨已朽，空教众语漫缕视乐规。春秋讹字变亥豕，宋楚方言作箕箩。后来继者浸灭裂，何其婴龀相嗢唆。纷纭百鸟更啁唧，安知清庙连猗那。勿言我垒狭，不用苇与蓑。容膝志自足，吾其敢蹉跎。问字函丈间，吴炔续四科。勿言我垒小，日月才一梭。往来云汉上，飘忽若轻蛾。组织成文章，飞扬如女萝。中心若止水，水上元不波。深如相如读书屋，大如尧夫安乐窝。可以扣我匣中之飞景，可以理我膝上之云和。弦歌以解吾心之蕴结，弹铗以祛吾愁之诱囮。如辏而不辐，如舟而不舵。高如鹳鸣垤，矗如蜂房涡。又如仙人宅初拔，又如野处礼不苛。又如橘中饮来去，又如树间坐以哦。如莲蕗偃蹇，如藻井驳娑。又如探虎穴，又如封蚁柯。客至足周旋，高论如切磋。坐以氍毹席，酌以鹦鹉螺。佳儿引银艾，诸生避蓼莪。开笼放白鹤，临池看白鹅。张具设芦制，中厨营饵锣。绿腰唱昆仑，苍头弹鼙婆。屡歌明之君，举酒叫姮娥。丰草露湛湛，流水山峨峨。人生意气足，可惜奈此明月青天何！昔者介推何为乎自焚于绵山，屈平胡为乎自沉于汨罗？何如先生日高官事了，登城照影清江沱。日课作诗三百首，翻怜笔史传写讹。丈夫做事要磊落，布衣狐腋皆委佗。海滨白首钓鳌客，清秋策杖相经过。

岑安卿（1286—1355）：字静能，所居近栲栳峰，故自号栲栳山人，余姚上林乡（今慈溪市桥头镇一带）人，志行高洁，穷厄以终，著《栲栳山人集》。

题黄中立樵云卷

三衢仙人石桥弈，隅坐野樵心自适。
不知烂柯岁月深，人世归来已非昔。
越山客亦樵云中，碧山杳杳云重重。

香炉扪萝春滃郁，若耶涉水秋溟蒙。
斧声丁丁响深谷，猿猱鹿豕恒相从。
怀章太守归故里，读书处士栖长松。
古人千载不可见，二公出处谁将同。
君于此计岂长往，草衣芒屩姑从容。
仙人倘遇不须久，归来歌我樵径风。

送易直县尹兄赴松溪

武夷山水最清佳，路转三衢未觉赊。
百里弦歌初作宰，一官琴鹤早辞家。
夜凉灯影连书屋，溪近松声杂吏衙。
遥想政成闲暇日，锦笺试墨品春茶。

黄镇成（1288—1362）：字元镇，号存斋，福建邵武人，元代山水田园诗人，初屡荐不就，遍游中华大地，后授江西路儒学提举，未上任而卒。著有《秋声集》《尚书通考》。

三衢夜泊

凉夕清江弭楫徒，拍浮身在太空虚。
星河光动牛女宅，风露气逼鲛人居。
去郭晴天更鼓远，连滩永夜水舂疏。
人间万事岂足累，扁舟归钓槎头鱼。

江垕（1290—1352）：字叔载，号高斋，吴越国节度使判官江景房的十世孙，身材魁梧，博学能文，与兄弟江孚、江起一起被合誉为“三江先生”。

集真观①

白云生处隐幽宫，此是武当峰外峰。
高士未应争会聚，遇氓共说有神通。
金鱼跃起小池浪，白鹤翻添高树风。
笑问道人从此去，何时飞过洞庭中。

编者注：①集真观，在常山城内塔山顶文峰塔旁，今常山书画院处。

拜新月·追和

七虎当年，朋簪远盍，千里翩翩飞盖。竹外流泉，绕青山为对。想酒边、谈笑长虹，雍容揖逊，犹似庙堂神会。有事中原，肯弃才天外。岂当时、误事惟莼鲙。谁复念、一发青山云连海。故国神游，叹时平不再。归来、卖剑将牛买。任群儿、嵌弄神枢金瓯碎。一笑临风，问英雄何在。

编者注：追和江纬《七虎堂拜新月词》。

步《保安寺》前韵

散步寻幽底用忙，欲穿花柳到禅房。
危崖得路半天近，古木流阴三伏凉。

风穴不号清有籁，炉烟未爇静闻香。
细推我祖诗中意，可是垂芳惠泽长。

李陵泣别图

黄云黯将暮，白日寒无晖。
送客度河梁，惆怅难别离。
代马虽善行，按辔姑迟迟。
初心孰予察，后罪甘诛夷。
君老既堪去，我及无家归。
阳春满皇都，长负平生期。

郑元祐（1292—1364）：字明德，号尚左生，遂昌人，后徙钱塘。勤奋好学，深究诸家学说，工书法，著有《侨吴集》十二卷、《遂昌杂录》一卷。

送毛彦昭归三衢

载雪曾过太末溪，天寒砂石净无泥。
碓舂白粲连滩响，橘熟黄香压树低。
水驿灯明惊见雁，篷窗酒醒忽闻鸡。
龟峰记在君归读，异日春风听马蹄。

江孚（1296—1346）：常山县何家乡人，元至顺时举人。

石门山[1]

石门有佳气，横亘如长霓。
朝为白云出，暮作清风归。
叆叇绚如旭，淡荡开云霏。
沿溪一十里，凛冽犹冬时。
溪旁所居人，六月恒夹衣。
晓来出门看，迢迢去如飞。
潮驱子胥马，阵入太白旗。
油然皆春水，左右无可矶。
为卜此日晴，雨具不用持。
忽然冲风起，连山湁凄凄。
决渠苦我屋，急雨早已随。
老农为予言，采樵入深蹊。
足蹑度鸟背，手攀依猿枝。
半壁得石窍，中通下无涯。
澒洞浩莫测，鼓怒常在兹。
作木纳其际，飘扬失所之。
乃知天地间，生物息相吹。
大块一噓气，土囊随之披。
敛舒关雨旸，此理无足疑。
何时着谢屐，更上凌云梯。

编者注：①石门山，位于何家乡石门坑。

詹渊：生卒年不详，常山县彤旧人，元至正十五年（1355）任常山县尉。

行乐窝[1]

室堪行乐怎名窝，小小藩园风景多。
翠岫数寻拖石妖，白龙一洞吐青波。
春来绿野裴公思，秋到黄花陶令歌。
日暮刚收屦杖稳，楼东又见月如梭。

注：①行乐窝，乃詹渊书斋，自名曰行乐窝。

徐尧章：生卒年不详，常山县球川镇东山人，曾任国子监学录，因乱弃归东山，筑岁寒轩以见志。

自题东山岁寒轩

两朝山泽老癯儒，回首青云迹已疏。
昔羡蓟门犹在望，近闻故国已成墟。
苍苔夜雨三间屋，白发秋风一卷书。
轩外红尘飞不到，苟全名节在兹与。

周巽：生卒年不详，字巽亨，号巽泉，吉安人，尝从征道、贺二县瑶民，以功授永明主簿，著有《性情集》。

赋明月珠奉简三衢马子善

明月何团团，清辉散霞绮。
君如明月珠，涌出沧海里。
文采照三衢，光华腾万里。
煌煌海内珍，骊龙见之喜。
缀冕堪凝旒，为珰可充耳。
蛾眉笑相看，鱼目羞自比。
景星夜荧荧，甘露朝旎旎。
我歌明珠篇，蟾光浴秋水。

徐汝霖：生卒年不详，三衢人，元代人，余均不可考。

题破窗风雨

幽人读书味真乐，坚坐那知风雨恶。
他年高步玉堂中，还忆破窗寒寂寞。

编者注：载于明朱存理《珊瑚木难》卷二。

金关：生卒年不详，三衢人，元代人，余均不可考。

竹深处诗

客至频留醉，僧过只对吟。
渭川多雅兴，淇澳有遗音。
节操常应在，冰霜老更禁。
七贤堪并美，六逸漫同心。
游宦今来往，多情忆旧寻。

编者注：载于明代汪砢玉《珊瑚网》卷十二。

徐伯通：生卒年、籍贯不详，元代人。

送汪仲罕之衢州知事

见说三衢好，民淳郡事稀。
官曹多故旧，幕府有光辉。
雨歇长溪急，烟销远树微。
明朝一壶酒，临别重依依。

张师愚：生卒年不详，字仲愚，一字仲渊，安徽宣城人，与弟张师鲁并称“两张”，好学工诗，尝从汪泽民游，曾二领元仁宗延祐、元文宗天历乡荐。

寄三衢程周卿教授

梦觉五更雨，别来三度霜。
市斟椒瓮白，村饷橘苞黄。
聚散同风叶，功名厄闰杨。
题诗逢过雁，细细不成行。

编者注：载于《诗渊》六一〇页。

凌云翰：生卒年不详，字彦翀，号柘轩，钱塘（今属浙江杭州市）人，元末明初文学家，元至正十九年（1359）举浙江乡试，明洪武十四年（1381）荐授成都府学教授。坐贡举乏人，谪南荒以卒，工诗，著有《柘轩集》四卷。

送叶继善还三衢

佩玉曾闻觐至尊，赐金殊觉被深恩。
三千远道方辞阙，九十慈亲正倚门。
台忆凤凰夜径失，字传蝌蚪竹书存。
老来衣待归时著，拟采红椒献绿樽。

胡初翁：生卒年不详，字成性，号存庵，别号敬存，江西婺源人，著有《存庵吟稿》，未见传本。生平见明程敏政《新安文献志》卷首《先贤事略上》。

江行歌七首

其一

大石如屋堆云沙，小石如瓮排江涯。
着我轻舟石中过，风吹渔唱出芦花。

其二

一点白鹭烟渚没，数痕青山天际生。
隔岸人家好茅屋，石楠花底小桥横。

其三

船头酒壶深贮月，柁尾茶灶长烹烟。
宗老谈易夜未已，舟行妙意古无前。

编者注：云峰先生示教《易本义通释》。

其四

涧水泠泠漾白云，两峰紫翠对溪门。
平生规此诛茅地，却在牛羊黄叶村。

其五

溪上树留龙爪青，山前路有虎蹄腥。
陈迹谁云不足顾，秋风回首立渔汀。

其六

两舟前日离常山，三舟今日下严滩。
高帆争风问何事，不似渔篷卧钓湾。

其七

看山妙处在微雨，雨后青红抹夕阳。
江南山色世无比，画手安得土西庄。

编者注：以上七首诗载于明代程敏政《新安文献志》卷五十九。

七里滩待明远不至

七里滩声吼怒雷，清风激射子陵台。
不知雨傍斜阳过，但觉凉随野鹜来。
逆旅多逢行役苦，高秋赢得好怀开。
故人遥隔常山月，独倚樯竿首屡回。

编者注：载于程明远《清隐遗稿》附录。

张仲深：生卒年不详，字子渊，庆元路（今属浙江宁波市）人，元代人，著有《子渊诗集》。

白龙洞

地尽东南沧海据，龙窟蛟宫自无数。
客行千里见山高，却到东州地穷处。

人传山有白龙居，拄策何辞一徒步。
我因好奇细询之，父老无能道其故。
乃知沧海蛟龙多，天遣行云作霖雨。
懒为翻身归故窟，暂戢鳞鳍此中住。
上连碧巘欲南奔，下泄清流自东注。
老石暗结生云根，虚谷潜通上天路。
风雷三月动地来，洞口时闻头角露。
常陪白帝行清秋，要与尘寰洗炎雾。
遍施九土商家霖，昼踏天衢自回去。
冯夷海若遥相迎，归卧瀛洲红日暮。

次常山郑明善长至日见柬绝句

其一

团团山郭甫千家，地接东南有等差。
不道山中逢至日，家人应是卜灯花。

其二

远林旭日晓融融，六琯初阳一脉通。
见说衢州贤太守，起观云物上华丰[①]。

编者注：①衢州有华丰楼。

寄鄞中诸友

客从临安来，屡食常山饭。
晓盘供苜蓿，已胜饱藜苋。

宾朋日相过，鸡黍忽满案。
白酒亦易求，青蔬卒难辨。
一酌沁诗脾，载饮发轻汗。
累十终至醉，酩酊若星散。
归来卧寒斋，危枕空达旦。
起行视庭宇，但见饥鼯窜。
巡櫩索梅花，为我一笑粲。
暖蜂窃新香，寒雀啄余豢。
览此极萧疏，客怀空汗漫。
泛观世上人，得喜失则患。
炙手异寒燠，顾我如冰炭。
新知虽忘形，诗病莫予鉴。
缅怀同心交，多在沧海畔。
诗价今如何，一一情伴奂。
未惭乡井殊，常恐岁月换。
作诗重寄将，慷慨杂非叹。
江长足鲂鲤，天寒有鸿雁。
倘寄平安书，孤客多在泮。

编者注：载于《诗渊》六四七页。

衢州

千山自西奔，万水争东趋。
古蝶冒荒草，奠此山水区。
晓登浮石门，人烟亦萧疏。
浮图数茎立，藕叶万柄枯。

欣然遇乡故，一笑情如初。
殷勤置盘飧，出以二八姝。
自非司空肠，有如丈人乌。
涤我愁万斛，费此酒百壶。
一酣万事足，讵信乡一殊。
乃知天壤间，有若一室如。
舟行企常山，回首谢三衢。
朗吟文笔峰，清夜看霜琮。

编者注：载于《诗渊》一九四〇页。

吴师道（1283—1344）：字正传，兰溪（今属浙江金华市）人，元至治元年（1321）进士，著有《易诗书杂说》《战国策校注》《敬乡录》，以及《礼部集》二十卷及附录一卷。

过常山赵忠简公墓[①]

客行常山道，溪驶波沄沄。
溯流睇崇冈，问是丞相坟。
舍舟步榛翳，隧道不复分。
石麟已零落，宰树何披纷。
其傍曾玄居，混迹随耕耘。
亦有显仕者，远去忘榆枌。
长吏类俗流，但识期会勤。
葺治禁樵采，此事今无闻。
堂堂中兴烈，忠正而德文。

祸胎偃月奸，冤魄炎海氛。

凄凉槥车还，仓卒书疏焚。

谁知尉职卑，乃能杜使君。

苍天佑贤俊，微尔几空群。

兴怀慨前事，空山黯愁云。

咸阳骨安在，唾骂奚足云。

骑箕俨天上，千载弥清芬。

编者注：①赵忠简公墓，位于何家乡文图村后，即赵鼎墓。

林弼：生卒年不详，初名唐臣，字元凯，龙溪（今属福建漳州市）人，元至正八年（1348）进士，官至登州知府，著有《林登州集》。

次倪孟明集药名之作呈徐梅所座主其一

结屋常山东复东，雪梅霜菊洞天中。

黄连稻垄雨声歇，白敛松窗云气通。

幕种莲花泛秋水，杯浮竹叶醉春风。

丹砂欲问飞腾术，勾漏何年访葛翁。

三衢程君璋氏访友临漳将归赋此以赠

三秀峰前采玉芝，高怀遥与白云期。

江山满目荆州赋，风雨连床杜曲诗。

万里沧波鸥浩荡，一庭芳草燕差池。

归来城郭人民换，任烂长柯且看棋。

郑节妇

仙舟不返泪河枯，誓死持家为报夫。
床下问姑晨馔具，机傍课子夜灯孤。
门依慈竹金书揭，庭列崇兰彩服趋。
太史行编贞节传，清风千载满三衢。

徐恢（1298—1387）：一作徐辉，字伯宏，常山青石人。元末进士，授永新尹，后带着大量军粮归附朱元璋，被敕赐为“开国元勋”，累官户部尚书。

忤旨退休

射策当年上帝京，文章最喜耀群英。
丹墀独对三千字，黄榜高标第八名。
幸执干戈平海岳，期随冕服整朝廷。
岂知今日龙颜怒，独到箕山路万程。

送江山侍御何思道赴任诗

三月之官去，三山骢马驰。
风霜惊海岳，成德镇隍陴。
自肃春秋义，谁能暮夜私。
功收应复命，臧否激扬之。

编者注：据江山《何氏宗谱》。

赵筼翁：生卒年不详，字维清，山阳（今属江苏淮安市）人，泗州判官，著有《覆瓿集》。

题魏梁公诰后

梁公自是唐贤辅，邦达仍为宋直臣。
忆昔不图难属武，何如政柄使归秦。
故山西望三千里，正气高来四百春。
再拜封题瞻墨妙，炎兴相阅有遗民。

叶颙（1300—1374）：字景南，金华人，著有《樵云独唱》。

忆三衢徐志允

磊落三衢士，身今在翰林。
满斟徐邈酒，高诵杜陵吟。
燕北身名重，江南感慨深。
金銮坡上月，应照故人心。

张以宁（1301—1370）：字志道，因家居翠屏峰下，自号翠屏山人，古田（今属福建宁德市）人，官侍讲学士，著有《翠屏集》《春王正月考》。

雨发常山

仆夫趣予起，初日出林间。
既雨纵横水，无云远近山。
马嘶芳草去，燕语落花闲。
且喜边陲定，长逢戍卒还。

泊湖头水长

客路春将晚，征帆日又曛。
深山昨夜雨，流水满溪云。
渡黑渔舟集，村空戍鼓闻。
故园频梦去，植杖已堪耘。

常山县

喜近闽山南去路，楼台两岸水迢迢。
不知晓店三竿日，犹梦春江半夜潮。
吏少县庭常阒寂，戍还驿舍尚萧条。
平安写就无人寄，家在溪南第一桥。

烜次草萍壁间韵同作

浙东路入江东去，酒醒篮舆几处山。
桑柘叶光朝雨湿，棠梨花尽午风闲。
青云在昔同攀桂，紫气如今独度关。
只合溪头垂钓去，故人多在紫宸班。

危素（1303—1372）：字太朴，号云林，金溪（今属江西抚州市）人，元末明初历史学家、文学家，著有《吴草庐年谱》《元海运志》《危学士集》等。

送友人游浙

常山县前放船开，桐庐江口寄书回。
君行不受人间热，六月海潮如雪来。

陈谟（1305—1400）：字一德，泰和（今属江西吉安市）人，明洪武初年征至京师议礼，旋引疾归，家居教授，著有《海桑集》。

常山县

城小因山秀，丹霞近可餐。
峰高迎月早，松老入云寒。
樵径通烟市，泉源护药栏。

幽栖农圃乐，奚必羡弹冠。

常山晓发

清秋晓露湿征衣，月落山前曙色微。

曲径疏林人影乱，栖乌阵阵欲惊飞。

悠然亭

亭外松风漾碧波，泉流曲曲小桥过。

雨余水鸟闲来去，不碍山翁钓绿蓑。

金川书屋[①]

幽居非远僻，小筑傍城西。

披竹云迷径，垂纶月满溪。

亭空山色古，花密鸟声低。

坐到忘机处，悠然世外栖。

编者注：①金川书屋，在县西门内。

袁士元：生卒年不详，字彦章，鄞县（今属浙江宁波市）人，元代诗人，著有《书林外集》。

送三衢张月卿鄞庠教满

浙江之东三衢里，素王千载有云耳。
岿然杰出鲁樵公，业受西山穷性理。
先生家与鲁樵邻，私淑由来得源委。
昔年筮仕游东瓯，纠录虞庠士风美。
近分教雨来鄞江，一洗泮林荆与杞。
野枭远去不复巢，黠鼠深藏那用技。
高堂伐鼓讲经罢，书舍归来门似水。
昼闲草色满帘栊，夜静松涛撼窗纸。
冷官惯守贫不厌，仙尉暂权聊复尔。
供茶喜有党家姬，言诗亦得孔庭鲤。
雪深荒犬吠隔篱，日落寒鸦啼故垒。
先生独坐悄无言，掩却竹扉深隐几。
齐人忽报戍及瓜，邑债已偿如脱屣。
遗爱芹香水半池，归心菊老家千里。
顾予风月愧平生，末学萧条秋叶似。
正期夜话倒书囊，那得江头舟更舣。
远山秋净绿分明，老树霜高红披靡。
长亭酌别何赠言，薇省銮坡征复起。

和鄞县陈尹[1]韵

凤池一曲调阳春，犹说颠崖堕苦辛。
有术卢医能起死，无钱陶令不妨贫。
高林红杏花千树，上苑黄封酒数巡。
遥忆故山归未得，神仙棋局几番新。

编者注：①三衢人，以省太医至此。

卢琦（1306—1362）：字希韩，号立斋，惠安（今属福建泉州市）人，元代大诗人，为元末闽中文学名士之一，著有《奎峰集》十卷、《诗集》十二卷，列《四库总目》而传于世。

草萍驿和萨天锡

林外轻风帽影斜，客衣近染紫山霞。
等闲点检春多少，墙角蔷薇几树花。

鲁贞：字起元，号桐山老农，浙江开化人，元元统二年（1334）举人，隐居不仕，其邃于理学，胸怀夷旷，著有《桐山老农集》传世，收入《四库全书》。

题塔山

天低云有影，日午塔无阴。
极目三秋望，登高万里心。

送邑吏杨德茂二首

其一

刀笔从来有异声，琴堂赞画合人情。
常山令尹明如镜，又抱文书镜里行。

其二

相逢正好又相违，分袂沙头折柳枝。
三叠阳关歌未了，斜风吹雨日西时。

编者注：以上载于《桐山老农集》卷四。

金涓：生卒年不详，字德原，义乌人，曾受经于许谦，又学文章于黄溍。一生不仕，教授乡里以终，学者称“青村先生”，著有《青村遗稿》存世。

送张学谕归三衢

稳泛灵槎访斗牛，未容归伴赤松游。
鳟鲂此去无千里，鸡黍相期在九秋。
瀔水月寒梅入梦，绣湖烟淡柳分愁。
春风莫问田园计，须趁功名在黑头。

沈梦麟：生卒年不详，字原昭，吴兴（今属浙江湖州市）人，元末明初文学家，年少有诗名。元末，以乙科授婺州学正，迁武康令，解官归隐。明初，以贤良征，辞不起。梦麟于七言律体最工，时称“沈八句”，著有《花溪集》。

赴闽考试舟至常山驿乘驿至分水关甚劳困

闽阃贻书招校艺，常山假道拟乘轩。
一肩篮笋身如播，千里青山手可扪。
分水有关天设险，殊乡为客我将孙。
人生用舍终归尽，自笑驱驰不惮烦。

邵亨贞（1309—1401）：字复孺，号清溪，又号贞溪，云间（松江府别称，今属上海）人。元时任松江府训导，入明后生活近 30 年。著有《野处集》四卷，《蚁术诗选》一卷，《蚁术词选》四卷。

縠江行

三衢之江山常山二水自须溪金川合流，交错如縠故名縠江，颍上文学掾徐景颜居于其间，自号縠江渔隐，云：

吾闻西安之水如罗纹，江山形胜相吐吞。
二川合流势不分，清溆迴迴风云奔。
中有幽人居，乔木映衡门，高世偃蹇甘隐沦。
先秦文字不啻数千卷，日夕庄诵若对羲皇人。
兴来出门放孤艇，一竿坐钓清荣名满乾坤。

籍籍烟波徒，高节摩峨岷，清风洒洒绝俗尘。

千载而下气益振，神交梦接意所亲。

古今成败在指掌，一室燕坐穷无垠。

十年戎马中原昏，城郭挑达乃尔成纷纭。

抗颜为师我辈事，忍使此道尼不伸。

慷慨投袂起，欻见俎豆陈。

况兹颍水湄，礼义夙所尊。

欧苏之迹远未泯，至今父老遗风存。

君今生意满藻芹，木天米廪手可扪。

某丘某水荒荆榛，猿惊鹤怨谁与邻。

君不见鹿门谷口鸡犬村，野人笑语春风温，年年碧草哀王孙。

胡奎（约1331—？）：字虚白，海宁人。官宁王府教授，著有《斗南老人集》六卷。

题《杏林别墅图》

我闻于使君，种杏碧山下。它山岂无丹杏花，不及家山种来者。

高堂中有白发亲，看花酌酒娱青春。儿今去家二千里，做官只饮三衢水。

三衢水，清涟漪。年年杏花开满枝，点缀五色斑斓衣。

阿翁袖有金光草，令人服之颜色好。别墅春风日日来，花落花开长不老。

刘基（1311—1375）：字伯温，浙江青田（今属浙江文成县）人。元末明初军事家、政治家、文学家，精通天文、兵法、数理等，尤以诗文见长，封诚意伯，谥号文成，著有《诚意伯文集》。

晚至草平驿

落日照阡陌，粳稻生清香。
好风自西来，吹我征衣裳。
但惜景物佳，不觉道路长。
幽禽韵蒙茸，马足响康庄。
驿吏迎我前，拜跪进酒浆。
要我入山馆，左右华灯光。
解鞍待升月，星明树苍苍。

宋禧：生卒年不详，初名元禧，字无逸，号庸庵，余姚人，元至正十年（1350）举人，洪武初，征修元史，有《庸庵集》。

为傅伯原题《白云亲舍图》

暨阳傅伯原，吾师铁厓先生杨公之婿，其舅氏钱舜在又与予同受经于先生之门，故伯原视予犹骨肉亲也。乙未岁予与伯原会钱塘而别，今十有六年矣。予以事适闽道，过常山，伯原为驿官于兹，而复与予会。执手问故旧，辄为之流涕。独喜其母夫人固无恙，得侍养官舍。伯原出向者所藏《白云亲舍图》示予，予遂为题绝句一首，以寓感慨之意云。

几年天际望云飞，日日思亲泪满衣。
今日常山官舍里，白云朝暮在庭闱。

自题叶氏隐居壁上墨戏

桃竹秋生笋，藤萝早着花。
暄凉惊物候，老壮惜年华。
重过招贤里，迟留处士家。
月明贪坐石，天近欲乘槎。

戴良（1317—1383）：字叔能，浙江浦江人，元亡后隐居四明山，曾学医于朱丹溪，学经史古文于柳贯、黄溍、吴莱，学诗于余阙，博通经史，旁及诸子百家，诗文并负盛名，著有《春秋经传考》《和陶诗》《九灵山房集》等。

送胡仲子之三衢

倦驾忌登陆，疲舲惊出浦。
不处孤蹇间，谁知别离苦。
伊昔忝嘉招，经年缪同侣。
前欢未云毕，后感已寻绪。
去春客江介，今秋发溪浒。
久传飞鞚出，及此高帆举。
终然衢士心，枯苔望来雨。
我意固迟回，君行勿踌躇。

平饶信诗

乃者中原俶扰，列郡绎骚，王师下征，负鄗不服。及至精兵四集，遂复突出东南，转攻武昌，延及饶信。时老老公为江浙行省左丞，实被命分讨，以当饶信之冲。公乃帅师上道，而衢之开化、常山、江山亦相继陷，势甚张横。乃兼行至衢，令诸将分守三县之崄，间出挑战，以挫其锋。已而所向俱捷，因急捣玉山，以夺信城。信城既下，寇犹三面固守，扼江为阵。诸将领兵四进，且战且前，寇乃并众江曲以备，公责战益急，诸将合战益用命。后竟破其阵，斩首万余级。复以铅山诸处犹往往从寇未下，乃设法购赏，遣数骑往论使自新，于是其党缚寇将致麾下，降人卒以万计。遂进驻上饶，分道抚慰，而乐平等县亦望风纳款，愿击寇自效。公得寇党，辄释不杀，用其策，战数有功。由是饶、信悉平，而二郡居民之散亡者，亦皆召集安定，以抚有其旧业。久之，事闻于上，上为嘉叹，命出黄金系带，即军中赐之，仍俾镇其地。于时江西、湖广久为寇巢，闽关以南，相挺继变，而浙水之西亦沦没不常，惟我饶、信克清境土，截然中居，此其为功不既大矣乎？昔唐宪宗命裴度、李愬平淮右之乱，河东柳宗元尝作雅诗二篇以形容其功业，愚虽不敏，庸敢窃取斯义，谨为诗一篇，凡三百六十言，虽不及柳氏之铺张讽咏，庶几指事实录，有以载我公之丰功大业于无穷。其诗曰：

皇奋厥武，于蔡于徐。彼凶卒迷，敢抗天诛。
王旅啴啴，怒若虓虎。是迅是跃，以夷丑虏。
寇乃败逃，自鄂而饶。而信而衢，奔腾叫谤。
惟时我公，出次于东。既祷既祃，驷马庞庞。

群师请命，于皇之训。踣彼顽嚣，宥此惠顺。
载纡金节，载砺雕戈。龙盾虎旗，皇威是荷。
进次于衢，寇凶莫逞。既克三邑，彼卒大窘。
遂逼信城，信城猖猖。有不能守，复据以江。
公曰尔帅，勿徐勿亟。四军并作，谁其汝克。
或败其腹，或披其枝。大袒而前，不见刀锯。
寇穷辄走，溃其群丑。刃不缠腰，红不帕首。
公曰其追，殄灭是期。卒刲乃肉，血手淋漓。
凡变之始，众或附起。剪厥渠魁，下人罔治。
皇有恩言，我是用宣。单车朝出，降幡暮悬。
螟螣已除，稂莠亦斥。式广德心，以奠乡国。
孰饥孰寒，孰呻而叹。孰病不治，我惟汝安。
乃留乃处，乃撤我土。匪逸其居，王师之所。
皇谓我公，尔其克艰。厘尔宝带，用旌尔贤。
公拜稽首，天子明圣。公拜稽首，皇锡宠命。
信饶既清，蔡徐亦宁。惕威忸德，我武用成。
太平之期，谁实致之。天祚我皇，命公是毗。
公其归相，为时硕辅。亿万斯年，无敢余侮。

作者注：并序。

王逢（1319—1388）：字原吉，自号最闲园丁，常州府江阴（今属江苏无锡市）人，诗多怀古伤今，有《梧溪诗集》七卷。

草萍值雪

蒋莲云四合，草萍雪纷雨。
飕飕山寒劲，惨惨野色暮。
茅茨道旁舍，槎蘖溪口树。
猿猱凭深林，仆马疲中路。
双亲各垂老，顾我仍百虑。
天啬孝养欢，徒携甘旨具。
薪蒸燎衣褐，筐筥陈薯蓣。
穷冬且加餐，无为迫前骛。

刘崧（1321—1382）：字子高，初名楚，号槎翁，元末明初文学家，泰和（今属江西吉安市）人，为江右诗派的代表人物，任吏部尚书，谥恭介，著有诗文集《槎翁集》《职方集》等。

三衢徐节妇诗

甓陨瓶沉恨有余，矢心白首事嫠居。
已看赐锦分云汉，复道旌门照里闾。
日暖萱花承杂佩，春阴慈竹护轻舆。
况闻禄养荣泷水，光宠行沾紫诰书。

送徐佥宪子侄得全暂还三衢

趋庭早识仲容贤，即别令人重黯然。
归路偶逢残暑后，到家应及未霜前。
寒沙蓬藋迷征骑，秋浦芙蓉压去船。
来往燕吴真万里，重来为我说华川。

题《华川樵逸图》

前监察御史徐叔明，为余道其里祝彦良者，佳士也。业医而寓意于樵，其拯危赴急，类有古道。所居当山水之胜，曰华川。因出《华川樵逸图》，邀赋诗以赠之。予不识彦良，犹识其犹子伯华于北平，清修整饬，是可以观家教矣。故喜而为赋七言长句一首，因叔明以寄樵逸，异时东游浙江，相寻松阴石室中，当相视一笑云。

三衢御史风霜笔，高谊飘飘张云日。
手把新图出华川，邀我题诗寄樵逸。
自言樵者非真樵，托隐早赴山人招。
烂柯不顾岩下斧，采药曾度云中桥。
屋头青峰千万叠，流水当门清可涉。
柳矶风起漾鱼竿，松坞天寒扫霜叶。
当家群从孰最奇，华也英俊真佳儿。
两年北平旷定省，指点山水怀归期。
浙山盘回烟雾锁，静养性灵奚不可。
驯虎来寻卖杏林，野鹤为守烧丹火。
川南春来花满坻，黄精酒熟杯行迟。

醉吹铁笛花下坐，是仙是逸谁能知。
我惭窃禄驱驰早，贪看图中似蓬岛。
何日相携持斧翁，共入华山拾瑶草。

作者注：有序。

郑真（1332—？）：字千之，号荥阳外史，鄞县（今属浙江宁波市）人。少勤学，明洪武四年（1371）乡试解元。次年春，礼闱失利；再试后，授临淮教谕，著有《四明文献》《凤阳考》《荥阳外史集》等。

十一月初一日甲子冬至[①]，行龙游界中。上滩为衢州界，晚宿衢城下。初二日过石塘桥晚至常山埠头。初三日早入迎薰门至常山县学，附徐景颜书见教官徐允明先生训导江仲允先生。徐某先生教谕割鸡为黍，及见前鄞县尹陈可斋先生送出通远门外。

寄陈县尹可斋

烂柯仙客思翩翩，献赋曾闻近御筵。
鸾诰香浮朱印湿，鹓班光映赭袍鲜。
生逢明圣焦劳日，寿介慈亲喜惧年。
色养望遥千里道，忠心誓答九重天。
化覃海邑声威肃，名动枢廷礼貌专。
山市春深闻促仗，官衙昼静听鸣弦。
东风柳影青丝扬，长日萱花锦绣妍。
潘岳岂能长作县，陶潜未可赋归田。

囊中诗帙寻常看，肘后医方次第编。
尚想轩居新画幛，依依情动白云篇。

作者注：①洪武十七年。
编者注：载于《荥阳外史集·上任录》。

詹信：生卒年不详，常山县城后园人，明洪武时贡士。

石村[1]

偶尔寻幽到石村，竹林流水细通园。
景真不用搜图画，意会何须觅酒尊。
一鸟不鸣心境寂，万山相对草堂昏。
求闲我欲频来此，杖履应从避世喧。

编者注：①石村，位于县城东北大桥头乡。
载于雍正《常山县志》。

蔑岭[1]

红日照山寺，苍茫晓雾开。
悠然跻石蹬，恍若步瑶台。
云外疏钟落，天边一雁回。
客程归兴好，却怪马虺隤。

编者注：①蔑岭，即密岭。在球川镇北。

保安寺

烟气吐林端，游人尚悄寒。
鹿眠春草细，鸥戏水云宽。
寺古藤为树，山灵药是丹。
非关寻静者，聊此解征鞍。

王达（1343—1407）：字达善，号耐轩居士，常州府无锡人，预修《太祖实录》，与解缙、王洪、王璲、王偁等号称“东南五才子”，著有《耐轩杂录》《天游诗集》。

题豸峰[①]

石脊崚嶒画里成，翠云披拂势纵横。
月明一夜[②]松涛吼，百兽深藏不敢鸣。

编者注：①豸峰为何家乡源口村的山石景观。
②清嘉庆《常山县志》为“夜半”。

载于明万历《常山县志》。

夏原吉（1366—1430）：字维喆，从小随父迁居湖广湘阴（今属湖南岳阳市），明初重臣。以乡荐入太学，选授户部主事。建文帝时任户部右侍郎。

过衢州次吴中书韵

使艖才拟过三衢，咫尺常山又驾车。
流水有声浮舴艋，好山无数插芙蕖。
身轻不惮行程远，才薄惟惭历仕初。
珍重同来贤内翰，嘉言毋惜话前途。

题宋进士袁天与忠节传后

四明袁天于宋咸淳中进士，未有官守言责，值德祐难作，为赵谢二友所卖，遂奋身抗敌，为敌所擒，以火燎之，骂不绝口而死。家人男女十七口，闻之同时赴溺，惟一孤为沈朱二仆救免。阖门忠义若此，诚古昔罕见。惜其事遭奸人所抑，史竟泯而弗书。历百余年，四世孙太常丞廷玉慨念先德，始诔以述之，仍假丹台外史蒋景高传其实，太常子尚宝少卿忠彻复于当代缙绅士大夫作为诗文集成一钜编，将以垂示永久，因命予题其后。呜呼！杀身成仁，舍生取义，志士仁人事也，天与能行，志士仁人之事，孤忠大节，耿耿贯天日，天不没人之善，君子乐道人之善，而其潜德幽光宁能终泯耶？故始虽晦而其后益彰，殆与天壤同一悠久矣。然则向之卖友，辱身挟怨，抑善者既死之诛果能逭否乎？予不能文，姑赋诗一章复之，仍摭此附于卷末。

常山高辙久湮芜，之子寥寥踵后途。
九窍入烟犹骂敌，一门赴水只存孤。
沈朱效义真良仆，赵谢偷生岂丈夫。
谁秉当时修纂笔，竟遗忠节快奸谀。

袁敬所：生卒年不详，明初人，曾官编修。善饮酒，饮酣，辄书陶渊明《五柳图诗》，书罢，悲吟流泪。后赘一寡妇，死妇家。明代“靖难之变”后流寓常山松岭。

团村八景之三

青湖春水

巴蜀春风雪早消，汪洋便觉润衢饶。
波分彭蠡湖边绿，浪接钱塘江上潮。
鸥鹭忘机闲白昼，鱼龙得志起中宵。
几时觅得扁舟去，云满篷窗月满桡。

乌石乔松

平原磈磊小星峰，上有参天绿盖松。
清昼烟云迷白鹤，当时雷雨动苍龙。
玉关曾入唐人笔，桑里犹存晋士风。
不是栋梁材有用，秦王怎遣大夫封。

邮亭晚铺

晴天万里静风烟，片月初升小似弦。

双镫流星千里外，一鞭行色五云边。
皇华不候才人赋，杕杜争迎使者贤。
惆怅山僧无用处，白云堆里日高眠。

题渊明五柳图诗

藜杖芒鞋白布裘，山中甲子自春秋。
呼儿点检门前柳，莫遣飞花过石头。

宿旅次

布被藜床醉即休，蛙声聒聒屋檐头。
惊回一枕瀛洲梦，碧树啼鹃血未收。

文笔峰

郁萧台馆五云韬，锦绣山川压巨鳌。
一水光摇银汉小，九天星逼玉楼高。
鸾分花影栖红药，龙戏珠光照碧桃。
踏碎烟云归去晚，月华斜照藕丝袍。

集真观

十二楼台列五城，虚无何处访瑶京。
金川水去连吴白，西寺峰高接楚青。
石洞有雷春早发，丹炉存火夜深明。

道人忽命朝元出，鸾凤双飞感玉笙。

福田寺[1]

闻说桐门寺，高僧尽日闲。
有轩皆种竹，无户不看山。
杖锡凌空碧，袈裟点露斑。
一涓清净水，肯与洗尘烦。

编者注:①福田寺，在县西三十华里今龙绕乡镇内，俗称桐门寺。

临清堂[1]

华居结构拂云齐，面向轩窗看碧漪。
爽气暗生红菡萏，晓花晴射绿玻璃。
沙鸥白日常依槛，野马长年不上衣。
几度夜凉濯缨罢，分明星斗转璇玑。

编者注：①临清堂，在青石镇马车山巅，赵希琯建。

西山

路弯弯处水潺潺，鸡犬人家尽日闲。
何事客程无处着，独骑瘦马过西山。

赠吴瓘[1]

海山摇红东日升，马蹄隐隐长风生。

沙头把酒话离别，欲别未别难为情。
画船摇漾稳如屋，撑破琉璃满江绿。
严陵滩上带月行，扬子江边傍云宿。
贤侯政绩遐迩敷，堂堂玉立真丈夫。
当今不次擢雄俊，庙堂好与相谋谟。

编者注：①吴瓘，崇仁人。明洪武年间任常山县丞。

王偁（1370—1415）：字孟扬，永福县（今属福建福州市）人。因解缙被污案下狱死，著有《虚舟集》。

常山道中即事

其一

前山近晓树苍苍，野蕨初抽绿笋长。
一路春风如有约，马头吹送落花香。

其二

提壶声里爱山春，山色青葱满四邻。
便欲共寻荷芰服，却惭簪绂苦萦身。

辩诬代常山吴权作

相逢白昼间，岂尽攫金者。
亦有披裘生，采芝当盛夏。

东陵高西山，孰辨真与假。
长睇天地间，兹怀向谁写。
不疑怀直躬，取惑在同舍。
白璧栖青蝇，可损连城价。
大夫垂贞观，庶雪覆盆下。

胡广（1370—1418）：字光大，号光庵，江西吉水县人，明朝大臣、文学家，著有《胡文穆杂录》。

送别常山县丞吴子宣

常山佐邑已多年，考绩应知子独贤。
阙下疏钟晨接佩，江头风雨晚移船。
五经家学还能继，三礼威仪喜有传。
莫叹别离当岁暮，到官犹说是春前。

杨荣（1371—1440）：原名道应、子荣，字勉仁，建安（今属福建建瓯市）人，著名政治家、文学家、内阁首辅。著有《后北征记》《杨文敏集》等。

西山精舍

西山叠翠峭且奇，山前流水清涟漪。
美人筑室得幽胜，独揽秀色褰书帷。

红尘不到柴关静，绿树阴浓昼日迟。
书声伊吾出林杪，时有好鸟鸣高枝。
花雨飘香入醽醁，松涛送响来琴丝。
以兹游息信得所，况有童冠相追随。
每于大化探至理，登山临水应忘疲。
迩来有籍通仙府，别却旧业趋京师。
匆匆相见长干道，命我为题精舍诗。
只今去典常山教，尚有西山猿鹤思。

曾棨（1372—1432）：字子启，号西墅，江西永丰人，明永乐二年（1404）状元，曾出任《永乐大典》编纂，著有《西墅集》《睫巢集》。

药房闲咏·其七

寄生扰扰伴尘缘，苦在心中似石莲。
欲学天仙蝉蜕法，常山青黛隔风烟。

杨溥（1372—1446）：字弘济，号澹庵，湖北石首人，明朝内阁首辅，著有《杨文定公诗集》等。

送常山令高汝大

几载联镳谒桂坊，怜君白发尚为郎。

孔孟弦诵开邹鲁，密县褒封过汉唐。
航外飞鸿秋共远，天南列宿夜增光。
龙河舣掉重回首，云接钟山紫翠长。

陈亮：生卒年不详，字景明，长乐（今属福建福州市）人，元末儒生，入明不仕，“闽中十子”之一，著有《储玉斋集》《沧州集》。

春日与仲仁伯弘与善诸子同游西峰寺[1]

西峰郁林壑，有客始登临。
入寺山偏秀，闻钟路更深。
古松高叠盖，流水细鸣琴。
笑问同游者，谁为净宇心。

编者注：①西峰寺，在西高峰山麓，原名昭庆寺，今为敬老院。

曾鹤龄（1383—1441）：字延年，一字延之，号松臞，泰和（今属江西吉安市）人，明永乐十九年（1421）状元及第，选为庶吉士，授翰林院修撰、侍讲，著有《松臞集》。

哭何太史[1]非斋

先生老云号非非，自是深知善恶几。
百载心传无复见，桂坡秋月但扬辉。

编者注：①何太史即何初，何永芳祖父。

林鸿：1383 年前后在世，字子羽，福建福清人，明洪武初以荐授将乐县儒学训导，历官礼部精膳司员外郎，“闽中十子”之一，著有《鸣盛集》。

游西峰寺

西峰云外寺，鸟道薜萝蟠。
水接花源远，山藏古殿寒。
石床闲听雨，野佩或纫兰。
莫怪栖迟久，南宫已挂冠。

陈镒（1389—1456）：字有戒，吴县（今属江苏苏州市）人，明永乐年间考中进士，镇守陕西十余年，赠太子太保，谥僖敏。

游西峰寺

山绕招提面面青，黄金台殿敞春晴。
树分两径参差起，水积方池澹沲清。
并命鸟飞争供食，长生鱼出听钟声。
湛然亭上凭栏久，闲看溪云傍塔生。

再游西峰寺

西峰清净地，塔下有僧居。
曾见宝花座，多留贝叶书。

禅师能伏虎，长者解观鱼。
来此求无相，尘心顿豁如。

曹义：生卒年不详，字子宜，号默巷，江苏句容人，明永乐十三年（1415）进士，官至南京吏部尚书。

送姑苏陆二尹彝赴常山

岁晚都门雪未消，故人别我去程遥。
霜威将腊归梅萼，晴色扶春上柳条。
冻合关河兰棹滞，寒嘶驿路玉骢骄。
行旌明到三衢日，伫听佳声达九霄。

薛瑄（1389—1464）：字德温，号敬轩，河津县（今属山西河津市）人，著名理学大师，河东学派的创始人，著有《读书录》《薛文清公集》等。

答何永芳三首

其一

星斗东来转玉衡，远游时序不须惊。
邵阳松竹迎寒秀，资水林芳待暖荣。
政美已如金碗蔗，官廉争比玉壶冰。
独骑骢马经行遍，喜见民风处处清。

其二

邵阳风土接湘衡，贤令之官犬不惊。
此日铜章分气象，往年金榜被恩荣。
无心真宰初行雪，有脚阳春欲泮冰。
持斧自天行郡邑，溪山随处好风清。

其三

飞腾还拟秉钧衡，小试牛刀岂足惊。
满目山川开壮丽，无边花草待欣荣。
瘴消楚越山多雪，春满湖湘水不冰。
笑指梅花赋佳句，柏台风致有余清。

赠何廷兰侍御

昔闻乌府肃风霜，今日皇华使节扬。
骢马承恩来北阙，绣衣冲雨度西江。
杯传春水欢情厚，歌动阳关别意长。
从此欲知重会处，朝阳鸣凤五云乡。

三衢江处士挽章

处士好静者，放情丘壑间。
樽前流水远，窗外白云闲。
孙子诗书熟，交亲礼数宽。
百年今已矣，凉月满柯山。

吴与弼（1391—1469）：初名梦祥、长弼，字子傅，号康斋，江西崇仁县莲塘小陂（今江西抚州市崇仁县东来乡）人，明代学者、诗人，著名理学家、教育家，著有《康斋文集》。

常山道中

后先已喜轿咿哑，驿路泥干不惮赊。
回首故人程渐远，青山从此白云遮。

草萍驿

暂息草萍驿，心安即我庐。
万山新雨霁，半枕黑甜余。

草萍驿二首

其一

小麦青青大麦黄，林间鸟语奏笙簧。
好山迎送程程秀，咫尺云帆是浙江。

其二

晨促行装度草萍，夜来微雨喜新晴。
望中尽是云山色，吟罢时闻野鸟声。

白石道中

白石当年曾有赋，清秋此日更停舆。
回头伙伴闲相语，琴剑何时返故居。

宿郑氏村居

依稀余墨象湖傍，鹤去山空事渺茫。
嗣续喜看仁爱重，灯前联跪告新章。

题徐氏村居

跋涉遥寻玩易踪，幽栖近在县南峰。
松篁共听今宵雨，礼乐多存太古风。
俯仰浮生一梦寐，相看华发两龙钟。
酒酣细和辛夷什，丹桂丛兰思正浓。

重宿徐氏村居

曾此赋村居，重来十载余。
玉楼人久化，兰砌事堪书。

别徐希仁[1]

彼此浮生类转蓬，青山端似梦中逢。
明朝努力加餐饭，又隔南云少便鸿。

编者注：①徐希仁，系常山人，疑为徐湖。

宿毛村

扁舟旅泊暂天涯，一夜归心又梦家。
行李但教西路稳，东篱计日咏黄花。

蒋莲铺

当年曾此课儿诗，扰扰台舆渴饮时。
物候几经新节序，布衣犹是旧心期。

宿湖头[1]

野阔云争瞑，江空雨未休。
问程须策马，灯火宿湖头。

编者注：①湖头，即青石镇湖头村。

书郑孔明[1]卷后

残经讲罢慨虞唐，步月归来兴未央。
诗卷写阑吟更好，试挥余墨两三行。

编者注：①郑孔明，即郑伉，字孔明。常山象湖人。

访邑布衣徐湖

夜渡柴家坂，寒月照水白。
野碓踯躅舂，茅斋一溪隔。

黄翰：生卒年不详，字汝申，华亭（今属上海）人。明永乐十年（1412）进士，明宣德中为山东按察使，诗文豪健、敏捷，字画亦遒劲，善隶书，尤工章草，以行草题署得名。

绣溪八景

绣溪钟秀

溪流清且驶，鱼游乐何已。
圉圉复洋洋，因之探妙理。
萦回绣带形，人士钟其英。
允矣清且秀，于以驰芳声。

朱陇成仙

遨游小西上，朱砂乃其产。
和露折松梢，研之点爻象。
昔有樵柴人，守分纯而真。
一朝悟元造，仙云超凡尘。

石岭晴云

禹斧凿石壁，中分到鳌极。
流流通其间，渊深浩难测。
岭头常有云，天气通乾坤。
因之验雨晴，于以穷朝昏。

桂坡秋月

坡边多桂树，高人在边住。

愿得子孙贤，攀花最高处。
有志事竟成，衮衮生公卿。
蝉联入仙籍，鸿胪传姓名。

龙坎灵泉

溪东有龙坎，幽幽深且远。
飞云知何年，可敬不可玩。
至今有龙泉，流派通源渊。
年年作霖雨，及我公私田。

贤良文笔

危峰高百鸣，文笔乃其范。
育秀及人人，卓为时所仰。
介甫当宋时，问学坚修持。
贤科登第一，赫然名四驰。

芦渚冥鸿

汀洲平且衍，芦港水清浅。
阳乌竟栖迟，想来云路远。
有怀苏子贤，使节心弥坚。
上林传尺素，流芳耀遗编。

松湾晚翠

山坳曲而转，百里松声远。
幽人好琴棋，于中日消遣。
臣忠与士穷，不改如此松。

郁郁含晚翠，几阅春花红。

编者注：载于《绣溪何氏宗谱》。

何永芳：生卒年不详，字廷兰，号墨庄，常山县绣溪（今何家乡）人，明永乐十九年（1421）进士，官至河南按察使。

除转运使

执法乌台不惮劳，青袍今已换朱袍。
官居三品恩虽重，丰采何如御史高。

示倒邦献

阿咸英茂正青春，共说才华迈等伦。
更向鸡穿加努力，行看平步蹑青云。

钱溥（1408—1488）：字原溥，号遗庵、九峰，华亭（今属上海）人，明正统四年（1439）进士，累官南京吏部尚书，谥号文通，著有《朝鲜杂志》等。

集真观

仙家楼观俯巉岩，浙水东来仅此山。
琳宇尽含烟树碧，石坛初上雨苔斑。

炉封火候如丹伏，风卷云霄见鹤还。
讹信偶从天外落，蓬莱应只在人寰。

姚夔（1414—1473）：字大章，号损庵，严州府桐庐县（今浙江杭州市桐庐县）人，明正统七年（1442）中进士，曾任开化教谕十年，累官至礼部尚书，谥号文敏，著有《姚文敏集》。

寿常山袁父母

山城花色胜河阳，吏自神仙俗自良。
击壤有歌成富寿，跻堂到处乐羲皇。
闲挥绿绮春风满，静煮丹砂爱日长。
幸得依光近东壁，青毡分却令君香。

别常山孟子文广文

一官同苜蓿，羡尔去栽花。
穗麦看新政，还珠识旧家。
名成亲未老，最考秩频加。
每发弹冠兴，山城缀烟霞。

过定阳寄别余东观同寅时试公车不第

为叱黔中驭，春深过定阳。
怀人京国远，别绪柳丝长。

得失归时命，风霜老栋梁。
悠悠云树里，特听晚来香。

草坪村肆寄谢傅父母

满眼堆新绿，春归绣甸成。
草间蛙部整，林外鸟音清。
甘澍周穷谷，余波润客程。
我行初作吏，佩此悯苍生。

彭时（1416—1475）：字纯道，又字宏道，号可斋，吉安府安福（今属江西吉安市）人，明正统十三年（1448）状元，授翰林院修撰，累官至少保。著有《彭文宪公笔记》多卷。

送郑副使佑[1]

知君已在十年前，目睹飞腾意豁然。
骢马攒蹄骄白日，苍鹰整翔戾秋天。
激扬共说才华盛，持守还推志操坚。
闽宪如君今有几，鄙怀平日重高贤。

编者注：①郑副使佑：即郑佑（1421—1465），字孔佐，号鲁斋，常山象湖人。明景泰二年（1451）进士。任广东道御史，不久升任福建按察副使。明万历《福建府志》评价郑佑："正而不激，宽而不纵，持宪务存大体。"

郑佑（1421—1465）：字孔佐，号鲁斋，常山象湖人。

挽郑给事伯森

读礼初回仰德多，谁知一梦入南柯。
进身共羡登三甲，拜职争夸列六科。
簪笔虽重归玉陛，戴冠无复步銮坡。
顾予昔忝同窗好，几对西风泪雨沱。

韩雍（1422—1478）：字永熙，明代长洲（今属江苏苏州市）人，明正统七年（1442）中进士，官至提督两广军务，名将、诗人，著有《襄毅文集》等。

延常山杨医师[1]炙火诗以酬之

浙水西头积庆堂，堂中人物异寻常。
轩岐妙术传三世，泰华高名动四方。
丹火暖时熏艾剂，橘泉清处淬针芒。
相逢莫厌频频疗，海内苍生多病伤。

编者注：①杨医师即杨文深，常山梁家园杨氏第八世，其家有积庆堂。

送兰庵[1]先生至常山临别情不能禁歌以泄之

常山山头秋月明，常山渡头秋水深。

行人欲别不忍别，两意各忍无限情。
忆在滦河折杨柳，三载相思百年久。
客中欢会能几时，何事匆匆又分手。
平生最感恩义深，年来赤胆怀君亲。
攀留无计随不去，惟有水月如吾心。
吾心如水日东注，远送行舟浙西去。
又如夜月光随人，常照行人独眠处。
行过吴门上金銮，烦报平安对素餐。
此心未遂忠孝愿，因别双泪何能干。
明朝两棹分江浙，愁向水边看孤月。
相亲未拟情不禁，且须痛饮醉时别。

编者注：①汪广沐，字日生，号兰蜗，亦号兰庵，能诗。

李溥：生卒年不详，字大济，长垣（今属河南新乡市）人，明景泰五年（1454）进士，明成化二年（1466）任常山知县，曾主持编修《常山县志》。

定阳八景

石门佳气

石门凿凿倚山巅，佳气腾腾欲上天。
缥缈有时迷翠霭，氤氲几度杂苍烟。
每占晴雨时多验，晚罩园林景最妍。
远望宛然图画里，令人清兴一飘然。

武当别峰

兀突高峰迥树巅，山形似与武当连。
深根矗矗原蟠地，危势青青欲接天。
数里岚光浮宝塔，半空云影落金川。
时人何必游三岛，到此栖迟即是仙。

金川石桥

谁构长桥几百年，往来终日杂人烟。
远疑龙影横秋水，近讶虹光映晚川。
行客息肩歌大涉，有谁题桂慕升仙。
前人德政流芳远，溱洧遗风世尚传。

西峰夕照

峥嵘古刹倚西峰，晚照明时紫翠重。
斜影已横岩畔竹，余光犹映涧边松。
依依渐见低孤鹜，冉冉犹看落下舂。
此际几回登览处，半天诗景兴偏浓。

招贤古渡

谁将古渡号招贤，一水潆回入大川。
棹拨中流闻击楫，人从何处扣渔舷。
亭亭远岸低斜照，杳杳平沙起暮烟。
寂寞晚来尘鞅静，月中犹唤隔江船。

忠简孤冢

远望乔林宰木稠，乡人皆识赵公坵。
一生忠义身能死，百世芬芳孰与俦。
猿鸟有怀啼落日，铭碑无字几经秋。
可怜挂剑荒烟外，都是山阳笛里愁。

白龙双洞

城西门外旧山川，灵物深潜两脉泉。
云合仙岩时带雨，草迷樵径晓含烟。
一泓甘美纡僧舍，半脉清泠灌佛田。
洞底至今多异迹，几回登赏兴飘然。

严谷甘泉

人世分明一洞天，云封谷口注甘泉。
潭间莹莹常涵月，涧底涓涓不记年。
远派似通银汉上，清源应与武夷连。
何当卜筑南岩下，汲煮春茶话地仙。

姚绶（1423—1495）：字公绶，称丹丘先生，又号谷庵子、云东逸史，浙江嘉兴人。

常山道中

鸟未投林日未曛，松头野鹤自成群。

肩舆归去身强健，处处青山有白云。

张弼（1425—1487）：字汝弼，号东海，松江华亭（今属上海）人，明成化二年（1466）进士，官至南安（治处在今江西大余县）知府，善诗文，工草书，著有《张东海先生文集》。

次韵樊廷璧[1]

一身端为万民忧，百虑千思不尽头。
酒薄郇厨春冷淡，烛残铃阁夜迟留。
东南海雾侵孤戍，西北边风彻敝裘。
万里转输何日事，九峰吟赏几时酬？

明时谁敢道年凶，可奈东南杼柚空。
卷地饷夫无处避，欺天恶少有时逢。
小臣效职曾何补，圣主垂恩信未穷。
玉节亭前闻好语，捷书频报贰师功。

编者注：①樊莹，字廷璧，常山人。仕终刑部尚书，守松郡三年而遗惠无穷，特为其诗。附写怀原韵二首。

送樊侍郎讳莹入觐

作宦繁华地，甘为清苦人。
布袍韦带重，粝饭菜羹醇。

宿草萍驿次林都宪见素题壁韵

四塞山岚一面当，肩舆虽稳不如航。
潦侵松径溪桥滑，日转霜林野店忙。
楚岫雁回秋漠漠，吴峰云净晚苍苍。
壮游万里皇恩布，归及春衫旧草堂。

再次前韵题草萍驿壁

万里先锋莫可当，山行乘檋水行航。
男儿堕地分如此，客子逢秋兴自忙。
一宿草萍青嶂暮，几看云峤白衣苍。
骞槎不尽昆仑脉，我欲南搜海若堂。

赵公岩[1]

琴鹤久沉沦，清风振无极。
岩前书带草，依然天水碧。

编者注：①赵公岩，在宋畈乡三衢山中。

江山贰教，吾乡王维藩先生□子，至常山，乃策马逾木棉岭而来，会时新雨路滑，冒险不辞，诚笃于故旧之好然也，因赋诗记之，而古人雪夜访戴者，何足多耶

其一

木棉岭上鹧鸪声，劝道休行强欲行。
羸马凌竞浑不顾，无端□曲故人情。

其二

杨花衮衮随风飘，悠悠扬扬低复高。
海天空阔任尔云，莫来沾我木棉袍。

百树尖

百树拥峰巅，苍润如可咽。
好雨从东来，为我添葱蒨。

编者注：载于明万历《常山县志》。

石姆岭

女娲补天罢，化作山头石。
灵踪尚宛然，晴云常五色。

编者注：载于明万历《常山县志》。

丫巾洞

灵峰如丫髻，灵洞是烟霞。
灵湫能致雨，灵物久为家。

哀郑丰城[1]辞

望天未兮崤崒，霭流云兮霮霸。跂夫君兮高标，欲乘风兮拥彗。

胡轩车兮弗来，怅我行兮莫遂。忽报书兮在傍，刺中肠兮掩泪。

白日颓兮号鸺鹠，芳菲蔫兮闻鶗鴂。循往辙兮追维，枉良才兮下位。

尹三佐兮弗迁，屯汪洋兮洒沫。局何参兮常铨，伊谁门兮谁馈。

骋骏足兮中庭，神骥悲鸣兮顿辔。挥利锋兮断畜，湛卢嗟兮徒淬。

呜呼所遭则然，嗟夫君兮何悔。亟屣履兮归来，抚故山兮松桂。

奄骑气兮上征，视素履兮弗愧。余仰止兮无穷，托空辞兮远慰。

将黄鹄兮北南，溯长风兮中愦。

编者注：①郑丰城，为常山人郑昱之父。

童轩（1425—1498）：字士昂，鄱阳人，明景泰二年（1451）进士，官至礼部尚书，著有《清风亭稿》《纪梦要览》《海岳涓埃》《筹边录》《枕肱集》等。

宿草萍驿

霜冷重衾梦不成，残灯留影伴离情。

仆夫晨起催行色，茅店鸡声月正明。

何乔新（1427—1502）：字廷秀，号椒丘，又号天苗，江西广昌人，明永乐十六年（1418）进士，官至刑部尚书。

晋阳怀古其十怀赵忠简公（闻喜）

淮甸狼烟昏，銮舆欲南避。

群公奉头窜，肯为宗社计。

英英忠简公，谈笑却边骑。

六飞一临江，将士争奋励。

蕲王既北首，魏公亦南至。

敌帅失色归，逆豫亦潜逝。

王室再造功，当时谁与二。

孽秦忽登庸，力主和戎议。

遂令社稷臣，白首投荒裔。

妖鳄鼓腥涛，海酋扬赤帜。

遗表何琅琅，初心犹不替。

公殁才百年，吴宫已芜秽。

董泽有遗祠，岁时荐椒荔。
骑箕倘来归，怊怅仍增欷。

王臣：生卒年不详，字公辅，长安县（今属陕西西安市）人，明景泰五年（1454）进士。

昭庆寺和前韵

孤峰高处瞰晴江，到此尘心陡欲降。
把酒问山山不语，满天风日鬓毛双。

王佐（1428—1512）：字汝学，号桐乡，临高县蚕村都（今海南临高县博厚镇透滩村）人，著有《鸡肋集》《琼台外纪》。

海外四逐客·其二·赵忠简公鼎

身骑箕尾壮山河，气作中原胜概多。
立赞建康开左纛，左挥羯虏倒前戈。
孤忠惟有皇天在，万口莫如国是何？
直待崖州沧海涸，英雄遗恨始消磨。

赵忠简公鼎墓

澶渊跸辙杳难呼，南渡乾坤两手扶。
窜逐不妨青史路，墶迷琼岛未为孤[①]。

编者注：①以上载于明正德《琼台志》卷二七。
作者注：一作唐胄诗。

哀使君[①]

末路谁当国步艰？琼州节概似[②]常山。
心悬北极天应远，血洒南荒地尽斑。
上帝亦哀[③]麟凤死，中原今放犬羊还[④]。
使君忠[⑤]义言难尽，只把哀辞滴泪珊[⑥]。

编者注：①题注，丛书《鸡肋集》卷一〇《鸡肋集补遗·诗》小注“一作咏赵与珞”。
②似，丛书《鸡肋集》卷一〇作“重”。
③哀，民国本作“怜”。
④今放犬羊还，丛书《鸡肋集》卷一〇作“长照尾箕寒”。
⑤忠，丛书《鸡肋集》卷一〇作“高”。
⑥珊，丛书《鸡肋集》卷一〇作“弹”。

常山殷氏《榴花双鸟图》鸟鸣喜相逢

喜相逢，五月中，石榴花发枝枝红。
白者窥枝雄叫雌，黄者隔花雌应雄。
雄呼雌应千花底，声声似叙相逢喜。
也知幽鸟有好情，人喜相逢曾鸟比。
喜莫喜于初相逢，亦莫悲于终相撇。

相逢之初恩爱深，相撇之后恩情绝。
君不见武帝逢阿娇，贮之金屋中；
色衰长门里，弃置如秋蓬。
又不见，相如遇文君，当垆盟肺腑；
茂陵得新人，白头吟别苦。
人心始终多易移，不独人间夫与妻。
交情贵贱亦如此，倏然炎凉朝暮晨。
不知此鸟相逢喜，莫以人情易[①]终始。

编者注：①易，丛书作“异”。

陈献章（1428—1500）：字公甫，别号石斋，广东广州府人，人称白沙先生，明代思想家、哲学家、教育家、书法家、诗人、古琴家，岭南地区唯一一位从祀孔庙的大儒，明代心学的奠基者，被后世称为“圣代真儒”“圣道南宗”“岭南一人”，著有《白沙子全集》。

赠针灸杨飞

昔吾见尔翁，卖药金陵市。
手持一寸针，针落病者起。
我主大行人，翩翩酒相值。
京中多异客，飞盖若流水。
一峰挟一囊，有药能医世。
时当引疾去，东西各飘逝。
岁月忽复多，囊括针亦废。
君来还见予，俯仰相悲喜。

何期二纪下，重睹无双技。
瞻彼老定山，风波五千里。
金陵多旧游，存殁宁复记。
人生若浮烟，为君语如是。

萧显（1431—1506）：字文明，号履安，更号海钓，山海卫（今属河北秦皇岛市）人。明成化八年（1472）进士，累官福建按察司佥事，为诗清简有思致，书尤沉郁顿挫，自成一家，著有《海钓集》等。

题郑时晖[1]绣衣画梅和张东海武选韵

清夜珊珊响佩瑶，罗浮梦断酒初消。
美人何处游仙去，独有遗容傍野桥。

编者注：①郑时晖，即常山人郑昱，曾为御史。

吾昪（1431—1504）：字景端，号求乐，别号文山，开化县城关汶山村人，明天顺三年（1459）中举，一生授学，著有《还山稿》一卷、《朱子读书法》一卷传世。

吊徐素翁[1]墓诗

垅山即先垅，山外更有家。
乐哉此上下，去去两不遐。
星萃时陨石，木叶终归山。

浑然芒芴间，形气相流连。
仰空日月驰，俯视水潺湲。
哲人忽已往，千载起长叹。

编者注：①徐素翁即徐白，徐海之父。
载于彤弓山《徐氏宗谱》卷二。

送李明府[1]升任

纶綍华褒墨未干，又催凫舄上金銮。
蜀中已惜来廉暮，河内那堪借寇难。
霄汉夜深郎宿度，林丛云散凤凰抟。
西风回首金川上，留得甘棠去后看。

编者注：①李明府，即李溥，字大济，长垣人，曾任常山知县，政声良好。

顷承盛礼，已具启申谢，鄙怀未罄，复形于言，用录奉览，不值一笑

分陕归来养病身，茅斋相近不相亲。
青灯京国成春梦，明月山林怅我神。
车笠古人还是薄，黍鸡今日自无因。
新年肯许真垂顾，怀抱应须得一伸。

编者注：此诗载于《绣溪樊氏宗谱》，疑为赠樊莹诗。

樊莹（1434—1508）：字廷璧，号澄江，常山绣溪人，明天顺八年（1464）进士，官至南京刑部尚书。

送刘章贡

廷璧公为行人时，章贡刘君以清才博学膺荐，到京考第优拔，援例归省，告别于公，为诗以送之。

贤书膺荐上春官，献策新承雨露宽。
彩戏梦飞千里外，陛辞身下五云端。
雨添草色萦离思，风送杨花点去鞍。
芹泮广文先达者，相逢烦为问平安。

编者注：载于《绣溪樊氏宗谱》。

和李宾之韵

新年多遘逆，抱疴守空庐。
竟日寡人事，反迂长者车。
入门一相见，戒我毋枉趋。
枉趋将何以，变故在须臾。
念此重忧患，感叹复踌躇。
信知明哲者，匪徒效虚无。

编者注：选自《石仓历代诗选》四百三十七，下同。

寄张汝钦侍御

夙昔寡所予，惟子独吾契。

闻过辄相规，见善复相示。
迩来作离群，延颈日翘企。
湘水咫尺间，渺渺隔天际。
念子富英迈，持法忘顾忌。
抗节激流俗，高名惬时议。
顾予驽钝姿，列官屡年岁。
俯默守庸庸，兴言良独愧。
古人重交游，匪从在忘势。

和时登叔祖湾河舟中作

阴风薄朝阳，方舟住溪侧。
舟中有归人，怅然起忧色。
长歌巷伯章，闻者重凄恻。
信知青云了，永怀在君德。

寒夜怀友和时登叔祖韵

林霏敛夕阴，庭际集繁霜。
怀人不成寐，起视天苍苍。
萧条履长夜，凄戚增悲伤。
念彼离别久，中情讵能忘。
徒见斗牛星，相距南北方。

云间有感赠东海张弼二首

其一

日日奔波日日忧，镜中华发忽盈头。
青山有梦不归去，绿水无情强自留。
公馆时常粗粝饭，行囊依旧木棉裘。
也知富贵非吾分，只为君恩未少酬。

其二

西北频年值岁凶，东南财赋半成空。
万方一统虽遭际，斗米三钱尚未逢。
减膳共知劳圣虑，转输谁复念民穷。
感来便欲抽簪去，恐负清朝教养功。

登金山卫城楼

孤城周匝倚江干，大海微茫入望宽。
蜃气半收初霁日，潮声渐细已回澜。
鱼盐有利民空羡，谷粟无功我愧餐。
独喜四夷时贡献，将军不用事征鞍。

夜泊龙浦感怀

阴雨沉沉晚未收，水途迢递厌迟留。
万家烟火疏林外，数点渔灯古渡头。
客雁唤回乡梦远，夜潮惊起酒魔愁。

自怜宦海多驰逐，何得休名上钓舟。

编者注： 载于《绣溪樊氏宗谱》。

衢山叠翠

万叠衢山近户庭，巍然高耸接苍冥。
晴分绿树开图画，光射朝霞列绣屏。
拄笏常看云外碧，倚栏闲对雨中青。
卜居最爱多清致，人杰由来借地灵。

社潭钓月

水满寒潭月满空，漫将香饵钓于中。
肯教漂母哀韩信，应见文王遇太公。
钩曲不如钩直好，鱼稀乐似鱼多同。
方今四海恩波阔，早把经纶献九重。

南洞甘霖

幽洞深深透石岗，谁知此处有龙藏。
峥嵘头角何曾露，闪烁睛瞳未放光。
云湿洞前禾自茂，涎流田内稻犹香。
伫看不日飞腾起，普施甘霖遍八荒。

黄仲昭（1435—1508）：名潜，号未轩先生，福建莆田人，明代著名方志学家、诗文家。明成化二年（1466）进士，授翰林院编修，著有《未轩集》。

送樊掌教乃兄邦本归常山

难弟承恩司教铎，迢迢相送入南闽。
客窗风雨连床久，故国椿萱入梦频。
马踏暖云芳草路，帆冲晴霭绿杨津。
遥知献寿高堂上，白发双亲满面春。

壶山惜别送郑惟廉归常山

壶山积雨朝来歇，商飙吹红入枫叶。
感时对景足惊心，况复行人话离别。
去年君向壶山阴，六经义理钩其深。
骇浪奔腾翻学海，鲜葩绚灿翘词林。
今日旗亭折杨柳，龙泉如虹射牛斗。
中立程门道已南，阿蒙吴下才非旧。
君家世父乌台英，德威久被闽南省。
骑箕一去今几载，闾阎赤子犹知名。
君归重淬吴刚斧，来岁携登广寒府。
桂花斫取最高枝，迈烈扬芬绍前武。

同昭武刘太守王贰守万通守游西峰寺三首

其一

青山一脉似游龙，山势将穷秀气钟。
庙宇深藏幽树里，行人指点是西峰。

其二

林外应疑无路入，道旁惟见有僧迎。
行行渐觉招提近，隔巘时闻吠犬声。

其三

停骖相与坐论文，又得浮生暂息纷。
怪底襟怀清似许，僧房面面对松云。

徐容（1436—？）：字文量，江苏昆山人，明成化二年（1466）进士。

赵公岩

仰止幽岩下，临风暗自惊。
九仙今浪说，一老旧知名。
鹤去松仍在，香寒月自明。
谁能铲妖石，增重此山清。

丫巾洞

古洞双崖合，源泉一窦青。
夜寒星斗湿，风动水云腥。
守护疑神物，飞潜有巨灵。
年来事祈祷，甘雨应时零。

卢楷（1438—1471）：字中夫，号可斋，浙江东阳人，明天顺六年（1462）中浙江乡试解元。

桂岩

磊礌嵯峨胜九华，洞门无锁夕阳斜。
老龙奋迅归来晚，云气朝连百数家。

李杰（1443—1517）：江苏常熟人，字世贤，号石城雪樵，明成化二年（1466）进士，官至礼部尚书。

桂岩八景诗

其一

桂岩好是郑公乡，栋宇翚飞涧壑傍。
一自荥阳分派后，本支繁衍庆源长。

其二

杜陵事曲旧知名，今见江村独著声。
况有腴田千百亩，秋来粳稻满沟塍。

其三

百株乔木秀葱茏，占断麻山第一峰。
绝顶去天才咫尺，飞来苍翠入帘栊。

其四

芙蓉苍翠入三衢，罗列诸峰画不如。
豸史年来开鲵府，推窗面面对清虚。

其五

山中已罢读书声，岩上犹传清献名。
千古一琴兼一鹤，令人仰止不胜情。

其六

亭亭丫洞傍云霄，万顷灵湫水势饶。
中有神龙能变化，大施灵雨泻天瓢。

其七

嵯峨石姥半参天，上有神祠不记年。
但看晓来云气湿，霎时云雨满山川。

其八

阴渠汩汩泻平川，谁灌麻淤万顷田？

赖有郑公鸠泉力，至今春水足长年。

章玄应（1443—1511）：字顺德，浙江乐清人，明成化十一年（1475）进士，官至广东布政使，有《雁荡山樵诗集》。

次常山县

吾家至常山，水陆千余里。
匆匆半月程，行行方到此。
严趋赖仆夫，招招愧舟子。
将迎走群吏，骑从都且驶。
饱食吾何为，光荣君所与。
俯仰覆载中，欲报无涯涘。
愿言谨厥修，庶以保终始。

程敏政（1446—1499）：字克勤，中年后号篁墩、留暖道人，徽州府休宁县人，后居歙县，著有《篁墩程先生文粹》《道一编》。

途中遇郑时晖御史赴谪还家养疾二首

其一

湛恩惟待立鸡竿，岂是明时学考槃。
身计未谐归计好，一宵清话到更阑。

其二

尘寰渐远渐凄清，地近乡关喜气生。
只恐诏书非久下，归来依旧马蹄声。

请杨贮春太医为栽盆莲

老手栽莲不众同，绕栏栽药未论功。
凭君为致西湖种，添我山棚十丈红。

桑悦（1447—1503）：字民怿，号思玄、思玄居士等，常熟沙溪人，善书法，博涉文史，著有《思玄集》《桑子庸言》等。

招贤里

公卿荐士久不作，此地旧有招贤名。
谁知燕台一抔土，可直全齐七十城。
魏阙遥遥楚大碧，满眼白云江水急。
小山丛桂不闻歌，秋空月冷黄金泣。

王瓒（1448—1504）:字思献，号瓯滨，一号环庵，温州永嘉人，明成化二十年（1484）榜眼，著有《正教编》《瓯滨集》《弘治温州府志》等。

吊徐素翁墓诗

翁颜予罔接，仿佛识翁心。
喜施忘囊罄，爱闲任岁侵。
簪缨无以报，兰玉有余阴。
安得泉台启，令人闻德音。

编者注： 载于彤弓山《徐氏宗谱》卷二。

王鏊（1450—1524）：字济之，别号守溪，吴县（今属江苏苏州市）人。明成化十一年（1475）进士，户部尚书，文渊阁大学士加少傅，著有《列卿纪》等。

延哲使归自福建得衢州锦川石立于庭前戏作

锦川束锦化为石，道远悬知不易来。
千岁僵松鳞驳落，一株寒玉骨崔嵬。
庭除有地烦相伴，梁柱无能莫见猜。
赖是前人清节在，镇船元藉郁林材。

林廷选（1450—1526）：字舜举，号竹田，福建长乐人，明成化十七年（1481）进士，授苏州府推官，官至南京工部尚书。

送常山尹余宗美考绩之行

夫子襟怀莹雪霜，洵宜政事与文章。
鸣琴已协阳春调，飞舄行依日月光。
花县民思今召父，杏园人识旧仙郎。
朝阳正尔梧桐盛，枳棘焉能滞凤凰。

次衢州寄余常山

宦海暌离亦几年，浮云流水两茫然。
独怜鲍叔偏知我，谁念中牟尚滞贤。
明月野航千里梦，清风高馆一鱼悬。
相望咫尺犹凭雁，寄取江东渭北联。

喜过衢州

思归常恨翼无双，舟过三衢思已降。
修竹莺声来半枕，乱峰云气入朝窗。
山行五日瓯闽地，水历千滩长乐江。
江上故人留话旧，白鱼香稻酒盈缸。

艾璞（1451—1513）：字德润，号东湖，江西南昌府南昌县人，明成化辛丑（1481）进士，官至应天巡抚，著有《奏稿》《南野诗稿》。

圆通寺[①]

万里崎岖到此山，脱骖曾寄一时闲。
中宵雨过净如洗，身世都来梦觉关。

编者注：①圆通寺，旧名观音院。

林俊（1452—1527）：字待用，一作大用，号见素、云庄，福建莆田人，明成化十四年（1478）进士，官至工部尚书、刑部尚书，著有《见素文集》《西征集》。

悼樊清简公赠宫保刑部尚书

清简公，予旧也，物化十有六年矣，过常山致香币悼以是诗。

水水山山道路长，故游一瓣仅谁香。
食肠皓首平生蘖，葬骨青冈旧咏棠。
宿草西风悬老泪，华星东阁系幽光。
却怜石马经行外，阅尽人间有许忙。

文峰书院次韵

太平端合老人龙，卧隐城南江上峰。

笔讶草玄高起冢，膏因继晷惯烧松。
花间得句诸儿续，月底吹箫二客从。
闭户著书秋更晚，隔溪烟树夕阳重。

草萍驿

投迹丘樊分所当，萍踪深自愧梯航。
可应倦足能千里，又是浮名博一忙。
问俗颇惊人事异，望乡时见海云苍。
钓台地近暂重过，我欲回辀醉白堂。

编者注：草萍驿原韵，王阳明、张弼有和诗，载于《陈虞山文集》卷十。

留别乡诸贤（其一）

帝城南去是归装，翘首云天思转长。
吏冗少神随事忘，病魔催老到家忙。
人心未必能三代，道化先须尽一乡。
麦饭鱼羹酬旧隐，水烟山月梦溪堂。

编者注：疑为草萍驿和韵。

杨廉（1452—1525）：字方震，号月湖，一号畏轩，丰城（今属江西宜春市）人。明成化二十三年（1487）进士，官至礼部尚书，著有《杨文恪公文集》《伊洛渊源新增》《皇明名臣言行录》《月湖集》。

往年得常山徐生惠砚，甚佳，丁未会试为监场军士持去，自后所得砚皆不及之，偶然追忆，成古风一篇

常山砚多青紫色，不徒发墨仍润泽。
忆尝过市亲阅来，恶者堆廛美藏匿。
再三苦索始出之，坐贾乃邀三倍息。
徐生简选持赠予，获之如获琮与璧。
砚兮亦视为我用，口不能言似对臆。
南宫携去战文场，蚁垤蜂房专一席。
风檐交卷出门去，竟为守舍军士得。
唇焦口燥呼不还，亟欲往追天已黑。
归来旅邸不成眠，反覆思维良可惜。
当时妄意复得之，焚香叩易揲蓍策。
得夬之革观繇辞，莫夜之戎即斯贼。
欲将此事白有司，姓名无处稽尺籍。
三衢旧穴尚可寻，巧匠斫山盈左侧。
犹传上品多更多，紫袍玉带殊辉赫。
虽然此特一物耳，吾辈何为置欣戚。
但恨珍奇失所遇，此意英雄或能识。

草萍驿睹林见素壁间诗因念其征蜀未还遂借原韵奉寄见素

从来一面要才当，可是悠悠野水航。
安国胸中论出处，伊川事外别闲忙。
艰危往日知心赤，经略频年想鬓苍。
廊庙江湖原一致，不妨宇宙看堂堂。

常山公署题松竹梅画墙次韵

操持何者解相同，君与兄兼十八公。
寒沍阳和俱不管，处常处变每从容。

衢严道中借王文哲绩溪见寄原韵

高滩节节复多湾，风气分明限此寰。
回首七年过浙水，计程几日到常山。
羊裘亭古谁重构，彩服堂高梦正关。
囊里纪行诗数首，濡毫时向舵楼删。

杨一清（1454—1530）：字应宁，号邃庵，别号石淙，丹徒（今属江苏镇江市）人，明成化八年（1472）进士，官至内阁首辅，著有《杨文襄公集》《关中奏议》《石淙诗稿》。

赠樊廷璧

十年南国三乘骢，意气壁立千仞峰。
堂悬生鱼非矫激，身骑猛虎还从容。
五陵合避韩京兆，百姓能舍包开封。
画船挝鼓渡江去，春阳一夜回穷冬。

李江（1455—1538）：字期宗，开平沙塘丽洞人，明弘治五年（1492）乡试第七，荐任广西梧州府推官之职。

和千家诗六十首其四十三衢道中

振袖街前晓色晴，天风吹马日边行。
两傍古树排牙立，一路幽禽喝道声。

王轶（1460—1515）：字循伯，号前山，江苏昆山人，明成化二十三年（1487）进士，官至云南布政使，以养归卒。

吊赵忠简公墓

北风方劲扫南疆，万里孤臣鬓欲霜。
帅阃有丸封汴洛，尚方无剑斩汪黄。
英雄死去山河老，偏霸谋成寝庙荒。
呼烛重看过河语，西风明月倍凄凉。

编者注：载于明万历《常山县志》。

福林寺

台厂参差拥鹫峰，毫光金碧焕当中。
尘埃下界无方入，人叩禅关有路通。
林霭遥凝千树雪，松风时吼半空钟。
沉冥偏称清幽客，静睡由来不厌穷。

孙燧（1460—1519）：字德成，号一川，浙江余姚人。明弘治六年（1493）进士，官至江西巡抚，宸濠反，抗节死，赠礼部尚书，谥忠烈，著有《案牍稿》十卷、《四圣糟粕》、《诗文启扎》六卷、《恤刑录》二卷、《审录编》二卷、《奏议》四卷及《陆恒易学指南》。

咏常山使院松柏二首

其一

高节孤芳直干同，岁寒惟见此三公。
肯随眼底诸年少，只倚东风问冶容。

其二

冰雪岩头冷不禁，岁寒期结百年心。
生憎桃李东园晚，狼藉春芳伴夕阴。

草萍驿初赴任次前王守仁韵

纲常自古要担当，弱水谁将驾苇航。
岭道风行豺遁远，海天云阔雁飞忙。
身从许国频加爱，发为忧民忽变苍。
醉饱恩光何以报，寸丹惟不愧朝堂。

顾清（1460—1528）：字士廉，松江华亭（今属上海）人，明弘治六年（1493）进士，仕至南京礼部尚书，著有《东江家藏集》《傍秋亭杂记》等。

御医杨信[①]之故宅在玉河东涯有花竹山石之胜时行借居有作次韵

满城车马此堂闲，招隐真堪赋小山。
花竹四时春不断，琴书列屋昼常关。
开尊又喜逢青眼，携手还思弄碧潺。
却怪相期数相迕，早朝常隔殿西班。

编者注：①杨信疑为杨继洲族人。

顾溥（？—1503）：字宗泰，扬州府江都县（今属江苏扬州市）人，明朝中期将领，通晓文学，清慎守法，谥号襄恪。

送樊都宪讳莹

执法乌台惬众心，楚邦民物爷光临。
从来粹德如怀玉，岂特清风重却金。
一旦衍和辞甚切，九天行旨眷何深。
长江不尽相留意，朝著还期再盍簪。

编者注：载于《绣溪樊氏宗谱》。

湛若水（1466—1560）：字元明，号甘泉，广东增城（今广州市增城区）人，哲学家、教育家、书法家，历任南京吏、礼、兵三部尚书，著有《心性图说》《圣学格物通》《湛甘泉集》。

过玉山望怀玉巍峨感兴有作

步出草萍关，举首见怀玉。
超然动遐想，中有彩云屋。
山高天宇空，安知白日速。
翩翩青鸟使，暮归玉台宿。

予友方子思道弃湖广宪佥逃归三衢山筑室以居号逋吏窝寄题数语（名豪）

逋吏不逋吏，逋吏莫逋心。
逋吏吏身洁，逋心心不神。
不神乃滞物，天理自微灭。
兀兀此窝中，无言自超越。
我则何所逋，八方皆我闼。

常山道中怀高侍御

骢马追寻浙水滨，百年怀抱见谁真。
探囊欲报长生药，只恐区区药未神。

作者注：嘉靖十九年七月二十七日

过草萍关感旧

忆年逾知命，趋召过草萍。
是时圣作初，万物睹休明。
草木似欣若，邑民暂咸宁。
往来二十载，惴惴复兹经。
闾阎非故庐，山川失旧青。
问此何为然？大吏多诛征。
时节方白露，寒气早盈庭。
只恐霜雪至，百卉同凋零。

作者注：嘉靖十九年七月二十九日

夏尚朴（1466—1538）：字敦夫，号东岩，广信永丰（今属江西上饶市）人，明代文学家、诗人，有《东岩集》。

题常山徐介庵

舜跖相去遥，其初本不远。
知儿君子心，匪石应难转。

徐海（1467—1540）：字伯容，常山彤弓山人，明弘治九年（1496）进士，曾任四川参议。

游黄冈山[1]

峰头曾拟一超禅，失脚谁知堕俗缘。
台省郊原同雨露，江湖廊庙合风烟。
衣传乙地真怀子，袖拂层霄共作仙。
莫道孤根沦越楚，也擎南壁半青天。

编者注：①黄冈山，在何家乡境内。此诗载于明自万历《常山县志》。

狱中次艾侍御[1]韵

铃铎周遭响犴墙，孤臣愁杀夜偏长。
禁楼昨进严更手，几个鸡筹入建章。

编者注：①艾侍御，指巡抚都御史艾璞。

别艾公出狱次曾公[1]韵

愁说南冠泣楚囚，萍踪何幸托名流。
天恩浩荡优耆德，此地还看是胜游。

编者注：①曾公指曾大有。《徐氏家谱》中为曾忆。

端阳过晃州驿书怀二首

其一

楚天已入大西头，吴客浑如醉里游。
佳节忽惊蒲艾老，故园空负竹松幽。
黄鹂共对鸣深树，白鹤孤骞下远洲。
落日杳然迷所向，斗躔何处是皇州。

其二

飘零一骑入天涯，短发风吹只自嗟。
野蔓繁丝阴过木，乱丛新叶艳于花。
不堪驿树晨啼鴂，更厌邻墙画聒蛙。
忽忆家山今万里，暗消魂处日西斜。

清浪分司见石榴花有感用张合溪韵

百粤三苗也自同，榴花不减昔时红。
侧身恋恋惟瞻极，搔鬓嗟嗟渐怯风。
辅翊朝廷须宿老，控持疆场仗英雄。
图南六月休相笑，愿借天池一暂容。

作者注：书于镇远司。

闺情寄吴宪副六首

其一

庭馆东风燕子时，闷怀慵撚丽春枝。
海棠魂断应怜我，杨柳眉颦却为谁。
鬓乱绿云羞晓镜，泪含红豆滴残棋。
日长恐漏春消息，绣幕珠帘匝地垂。

其二

豆蔻含芳别有春，丁香结恨岂无因。
争夸完璧终归赵，不解吹箫枉姓秦。
交颈绣成浑欲罢，断头香冷暗生嗔。
蛮腰转觉娇无力，不见当年解佩人。

其三

漫煮先春小凤团，空阶闲步佩珊珊。
绿肥草径悲春老，红瘦花枝惜雨干。
三月游丝牵别恨，五更残梦却孤寒。
檀郎一去归无定，璧醉珠沉也不难。

其四

梦里相如没处寻，薄情忘却白头吟。
抟香弄粉当年事，对月临风此夜心。
云雨排场空寂寂，鳞鸿消息竟沉沉。
绿鬟缭乱无心整，更有闲情理素琴。

其五

风击檐铃唤梦醒，几回错认马蹄声。
红消粉地春愁满，绿遍苔痕夜雨生。
破镜有缘还会合，倚栏无语独含情。
自惭不及东归燕，也系红丝过玉京。

其六

宝镜埋尘久不窥，藁砧回首隔云泥。
涛笺有意题新恨，香水无心浴小溪。
滴碎愁肠秋夜雨，惊回好梦午时鸡。
败荷衰极斜阳路，徒倚妆楼望欲迷。

滥泥山曲和葛郡伯见投之作

春泥已盘盘，更有滥泥山。
我从山上来，请歌行路难。
山从蜀道走桂岭，隔阂南中横作屏。
泉飞迸山不及溪，浮泳节汩成滥泥。
星海艳翻难着脚，泞抱溜决崖高低。
崖门石高云作梯，欲上不上愁攀跻。
前忧攀跻后虞堕，左挽右推行顿挫。
怪兽礴踥怪禽嗥，才气腥风掠面过。
平生倚道甚坦夷，缩武吐舌临危机。
危机竟日不自保，喘息竞属神魂飞。
我行勉强已自可，回望后来怕煞我。

和行路难

贵州东西山如麻，排云插地飞镆铘。
我向此中不停脚，经行一一劘虎牙。
羊肠九曲挂绝嶂，十步一回百折上。
走穿石林石礌砢，铁凿马蹄迸飞火。
上山引，下山局。
汲绠双挽仍力争，枯木危栗遥凝躅。
千山万山行未远，一为虚名奔走杀。

啼猿

来宿八盘山，溪近波声幽。
月出溪树下，猿鸣山树头。
一声露下零，再声风含凄。
三声月掩光，元云黯萋萋。
木叶满庭缭乱舞，孤灯床头泪泼雨。
不眠起看银河低，四邻啁啁闻曙鸡。
鸡鸣稳晓门寥寂，日高开门看过客。
生来在家不离门，猿啼自啼渠不闻。

赠牛庸庵贵州都督致政归杭

公昔提兵活常民，雄姿爽气凌秋云。
金鞭微鸣震寥廓，豺狼灭迹无纤尘。
我时追蹑白龙行，为公呼酒排冰厅。

樽俎论文尔汝空，挽夜一笑千山青。
二十年来我落魄，公游天南复天北。
太常勋名勒景钟，不嫌贱子留残墨。
去年牂牁恢庙谟，蛮烟净彻悬水壶。
休军细数六花阵，对客间横五岳图。
功成报命将安酬，琴书做伴乌江游。
白日云归山石洞，清风月满黔阳楼。
连山襁负何为者，道傍挽公公踧马。
凄凄感感动地呼，万纸千绡不堪洒。
狮骢东首欲安归，梅花插遍孤山偎。
一朝玉节九天下，纶音珍重公宁回。
君不见汾阳角巾私第日，奉诏单车慨然出。
又不见伏波双铄示不难，至今铜柱高于山。

迎春日寄同署郎

锦幔霓旌压彩霞，千街儿女竞东华。
西台有客锄元圃，太极园中看百花。

画鹤

冲霄志气欲何如，回首扬州事已非。
郊岛岂耽风骨异，由来遐算属清癯。

书贵宁分司

回望收云后，孤城落照时。
停车目方眩，入座山为移。
蜀道诚修阻，太行多崄巇。
颇疑立风磴，已觉穷天涯。
忝领一官职，敢辞万里驰。
泥途怀久辱，渐负费沉思。
勋业宏心树，太平何以基。
松柏愿深护，榛荆莫渐滋。
昔人岂难及，治美先自治。

赠潘生玺

金乌照大川，片片鱼可数。
中有扬鬐者，意欲为风雨。

题《鹊鸰图》

汉谣一斗粟，唐蹀禁门血。
何如原上禽，相从败荷叶。

题画四首

其一

朱弦久掩尘，取弄发清音。

和者已绝响，高枝语珍禽。

其二

秦人务近攻，汉武勤远略。
所得不偿失，谁谓最高着。

其三

圣人久已殁，垂训良在此。
口焉而不心，糟粕徒为尔。

其四

丹青者谁子，笔端具炉铜。
浓淡顷刻间，万象归春融。

素翁公曹夫人曹氏香木碑诗有跋

世人重心香，千金买香器。
彝鼎逶迤布篆气，奈何余烬落为秽。
博山亦有炉，腾烟病弛去。
金猊铜鸭总粗俗，荐之几案浑无趣。
南昌张氏真巧师，琢削为我呈新制。
知我衰老倦焚修，宁若挂香日一炷。
下设龟趺曳绿毛，上载穹碑孝女记。
抚碑字迹半模糊，碑阴尚有中郎谜。
龟喉咽息已不食，龟口吐纳生气气。
清客琴书俎豆前，春风满座称灵异。

可观可玩可嗟叹，魏武杨修方斗智。
我本入山筑母坟，母与孝女适同讳。
母空有子坟无碑，对此不觉先流涕。
谢师兰桂总休燃，梅臭熏心更酸鼻。
师言何必重悲嗟，捻土浇浆原有意。
旋复加火奠坟前，不厌碑头频启闭。
恍疑穷谷放梅花，幽感芳魂暗香至。

海年十六，母曹氏夫人谢世，奉父命薄葬于此。忝官以来，奔走南北，尚翼乘便，得伸报本，奈何运数阳九，竟失推恩之望。虽历升方面，将何为哉？荒垄一向未曾培筑，顾今已老，二妻亦亡，不容复待，故皇皇扶病督工，苟了心事、适有江右木博士张子宽赠我木碑，谓可燃点挂香，规制甚巧，视之乃曹孝女碑也，不幸我母与孝女姓字适同，益增感怆，既作诗以谢子宽，复书于壁，以识岁月云。

嘉靖十二年八月中秋后一日过邵家巷有怀履成我前辈

谁家巷陌[1]石桥垠，乃是甘棠世泽分。
春霁鹭山云有态，风和龙洞水生纹。
应知书塾花前辟，还喜丝桐竹下闻。
果是翁卿贻训肃，乌衣雅尚自超群。

编者注：①巷口金川源出白龙洞。

百灵古祠庭内山茶联句诗二首有跋

其一

春雨连朝阴踏青（子西），老天今日为开晴（伯容）。
危楼空翠供清兴（伯容），满座斯文敞夙情（廷镇）。
燕语似留公子驾（廷镇），莺啼漫促野人耕（节之）。
兰亭感慨今犹昔（节之），醉把新诗仔细评（子西）。

其二

祠下山茶植者谁（伯容），阅人几度盛和衰（子西）。
回头旧事真成梦（子西），满眼新花又作堆（廷镇）。
今日开樽须潦倒（廷镇），惜春联袂共徘徊（节之）。
何人会得天公意（节之），一树参天一树摧（伯容）。

暮春每欲眺游，何阴雨连朝，弗遂也。偶幸开霁，山径犹泞，惧阴晴莫测，即拉二难公暨乃侄节之上舍偕行野际，步百灵、探古祠、登巨阁，徘徊周览，尘襟尽洒。祠内山茶一树，大几连抱，花时特丽，诚胜地奇观也，一干挺拔昂竦，一干摧折枯朽，顿令加感。呜呼！人生几何，以数百年之深，更得援犹荣瘁若此，况于他耶？遂联赓以识。

挽廷建弟

祥柯鸰集自千千，京国由来羡逊绵。
樊楚存亡原不定，彭殇修短更谁怜。
可堪刘氏求铭计，好结苏仙未了缘。
已有高名留万古，西风凄惨白杨阡。

费宏（1468—1535）：字子充，号健斋，铅山（今属江西上饶市）人。明成化二十三年（1487）状元，官至内阁首辅，著有《费文宪公集》《宸章集录》等。

昭庆寺

寂寂孤峰带浅江，病魔都向静中降。
晴峰一榻茶烟起，夏木屯云鸟语双。

郑岳（1468—1539）：字汝华，号山斋，福建莆田人，明弘治六年（1493）进士，官至兵部左侍郎，著有《山斋集》《莆阳文献》等。

登舟

常山舆马玉山舟，客路驱人不自由。
却羡边江几家屋，柴门斜对白鸥洲。

草萍驿

萧疏驿舍绕烟萝，二十年前此地过。
诗壁旧题无处觅，植松庭外已婆娑。

文徵明（1470—1559）：原名壁（或作璧），字徵明，长洲（今属江苏苏州市）人，明代杰出画家、书法家、文学家，留有《甫田集》等。

题南溪卷赠詹德本[①]

卜筑南溪上，分明似玉川。
有时还引钓，乘兴好移船。
夜色留明月，春寒锁碧烟。
何曾慕城市，鱼鸟自随缘。

编者注：①南溪，指常山南门溪。詹德本，不详。

题孙伯泉堪旧赠石川画景

岸帻南楼眺，斜阳送晚晴。
碧云千里月，黄叶四檐声。
短发西风急，浮云过鸟轻。
有猿吟不就，山绕阖宫城。

方太古（1471—1547）：字元素，兰溪（今属浙江金华市）人，明正德时隐于白云源，著有《寒溪子集》等。

白龙洞

头拟万山白，眼应双洞青。

古苔延客坐，湿气带龙腥。

山影云霞炫，泉声环佩听。

谁能割尘想，追念少微星。

编者注：载于明万历《常山县志》。

圆通寺

乡思夜半梦溟蒙，起立空阶测候虫。

闲弄紫箫声一曲，不知明月在青松。

编者注：载于明万历《常山县志》卷十五。

王守仁（1472—1529）：幼名云，字伯安，别号阳明，浙江余姚人，明代思想家、文学家、哲学家和军事家。官至南京兵部尚书，著有《王阳明全集》《传习录》等。

草萍驿次林见素韵奉寄

山行风雪瘦能当，会喜江花照夜航。

本与宦途成懒散，颇因诗景受闲忙。

乡心草色春同远，客鬓松梢晚更苍。

料得烟霞终有分，未须连夜梦溪堂。

作者注：九月献俘北上，驻草萍，时已暮。忽传王师已及徐淮，遂乘夜速发。

次壁间韵纪之二首

其一

一战功成未足奇，亲征消息尚堪危。
边烽西北方传警，民力东南已尽疲。
万里秋风嘶甲马，千山斜日度旌旗。
小臣何尔驱驰急？欲请回銮罢六师。

其二

千里风尘一剑当，万山秋色送归航。
堂垂双白虚频疏，门已三过有底忙。
羽檄西来秋黯黯，关河北望夜苍苍。
自嗟力尽螳螂臂，此日回天在庙堂。

过常山别方棠陵[1]

西峰隐真景，微径临通衢。
行役空屡屡，过眼皆尘迷。
青林外延望，中闭何由窥。
方子岩廊器，兼负云霞姿。
每逢泉石处，必刻棠陵诗。
兹山秀常玉，之子囊中锥。
群峰灏秋气，乔木含凉吹。
此行非佳饯，谁为发幽奇。
奈何眷清赏，局促牵佳期。
悠悠伤绝学，之子亦如斯。

为君指周道，直往勿复疑。

编者注：①方棠陵，即方豪，开化人，明正德时进士，知昆山县，有《棠陵文集选》等。

阳明先生晚年起征广西思田之乱，路过常山，作长生诗一首

长生徒有慕，苦乏大药资。
名山遍探历，悠悠鬓生丝。
微躯一系念，去道日远而。
中岁忽有觉，九还乃在兹。
非炉亦非鼎，何坎复何离。
本无终始究，宁有死生期？
彼哉游方士，诡辞反增疑。
纷然诸老翁，自传困多歧。
乾坤由我在，安用他求为？
千圣皆过影，良知乃吾师。

作者注：嘉靖六年。

蔡献臣（1565—1644）：字体国，号虚台，金门琼林人。明万历十七年（1589）进士，授刑部主事，有《清白堂稿》。

起赴浙臬过草萍再和孙忠烈公韵

忠烈纲常慷慨当，阳明学脉更慈航。
姚江间出人双擅，越宪新膺我底忙。
漫拟风猷追绝躅，且将出处信穹苍。
江湖魏阙心长系，此日凭何答庙堂。

癸亥冬草萍又和孙忠烈公韵

少年谬许赤心当，老我惭非济世航。
眼厌纷纷成底事，中怀冷冷为谁忙。
东西蘖鼓忧长白，门户葛藤付彼苍。
铨管何人能逆折，负暄还欲效朝堂。

草萍又和王阳明先生韵

汉世公卿谁自奇，言当不讳始堪危。
生来癖笑金人戒，老去徒嗟马力疲。
相士东南收美箭，观兵吴越闪朱旗。
侍臣恩许宁亲日，喜靖夷氛海上师。

许赞（1473—1548）：字廷美，号松皋，河南灵宝人，明弘治九年（1496）进士，官至吏部尚书，著有《松皋集》等。

送詹大章[①]赴星子任

星子开疆附大郡，白鹿宏文值熙运。
詹君令邑有奇才，推诚布公民自信。
从来政教无二途，知子能将洞规振。
南康山水郁苍苍，疆行远近睡花香。
花村稻犬无宵儆，报政他年令誉扬。
五云深处承佳宠，金台后会更开场。

编者注：①詹绅，字大章，常山后园人，詹思廉大父。

何瑭（1474—1543）：字粹夫，号柏斋，世称柏斋先生，明怀庆府河内县（今为河南沁阳）人，明代著名的文学家、理学家、音乐家、数学家。官至南京右都御史，著有《柏斋集》《医学管见》《儒学管见》《阴阳律吕》等。

吊樊清简公墓

细读樊公传，悠然感慨增。
忠诚留北阙，威惠动南溟。
天上空箕尾，人间尚典刑。
常山西望处，云尽数峰青。

徐金陵（1475—1535）：字廷镇，号鉴潭，晚年改号约斋，常山县彤弓山人，明正德三年（1508）进士，累官至湖藩参政。

河西阻风

繁花开满上林中，暖气应随春画融。
卷地惊飙还淅淅，漫天飞雾更蒙蒙。
敛帆那得崇三让，破浪谁当第一功。
惭负东皇频策励，愿擒风伯献神宫。

赴长芦运司

绣服辉煌出帝乡，画船摇曳艳春阳。
浅溪流碧涓涓静，小杏舒红细细香。
分野瞻天应咫尺，恩光醉我迈寻常。
大夫志节看先定，欲赴贪泉一试尝。

赠方棠陵

枫桥虹卧镜波清，十里姑苏隔远程。
画舫重临钟半夜，锦袍独坐月三更。
万僧佛刹烟霞地，笼鹤诗翁石泉情。
倚醉漫题长短句，归鸦落日任纵横。

在京候选和徐达夫

皇恩恋恋滞瑶京，落落心期百未成。
佳酿每开缘客醉，斯篇多赋为时平。
飞蓬笑我身殊倦，采药当谁术更精。
弃置且同诗酒伴，云霄那问短长程。

至天津，一属官来候，老而且贫，自伤与此辈从，安能仰效万一也

一官无马步如驰，迎拜多惭僚属卑。
体结鹑衣春未暖，头盘鹤发岁还饥。
微名自许能完璧，冷职尔当守伏雌。
说与傍人浑不解，浮河高咏有新诗。

至长芦县学曹司训以诗见寄用来韵叠成数首

其一

懒慢宜兼吏隐名，虚堂一日再登临。
雨余细草铺新簟，风后高槐落碎金。
醉里未寻刘晏传，静中单悟伯夷心。
忽逢双鲤殷勤寄，病来水浆慰渴深。

其二

溽暑他乡寄此城，无山登眺水堪临。
气蒸平野疑团火，云破端阳解□□。

漫扫槐庭供野步，谁调冰水沃尘心。
晚凉读易消残昼，一笑希文理自深。

其三

日暮栖禽不记名，当轩坐待月华临。
云扶少皞持新节，电扫祝融鸣退金。
杨柳漫嗟秋后色，松梅共坚岁寒心。
莼鲈纵好难归去，北海涵濡圣泽深。

奉和屠宪副二首任侍御久迁官人恨其迟书以解之

其一

绣衣日觐九重天，谏草曾闻满百篇。
揽辔澄清仍宪副，平胡功业待燕然。
瀛楼对月开新宴，越桥题诗记往年。
莫讶骅骝聊缓步，终须万里快词鞭。

其二

寒雨潇潇欲暮天，温如挟纩得诗篇。
事功期慕马□息，清隐难追孟浩然。
门外骊驹歌苦调，河边杯酒话同年。
比来见说心无竞，一任诸公早着鞭。

詹山：生卒年不详，常山县西门人，徐海外甥。

游黄冈和徐参议[①]韵

抱一山人早悟禅，樊笼无计脱尘缘。
阿谁卓锡开青嶂，此日携壶破紫烟。
地胜草蔬皆药石，云低鸡犬亦神仙。
竹床信宿诗魂冷，身世浑忘在半天。

编者注：①徐参议，即徐海。

湖澄渡[①]

漠漠烟云午未开，危楼独倚漫徘徊。
行人待渡心如火，隔岸小舟来未来。

编者注：①湖澄渡，在县北二十里何家乡。

紫竹山

胜地重因仲氏来，行行渐觉好怀开。
僧知客到携茶候，天相予游放鹤陪。
诗咏碧纱呼落日，枕担紫剑动春雷。
可怜未割浮生念，尘世功名尚费猜。

吊徐素翁墓诗

我翁仙蜕久，遗玉白云坳。

秋草行人拜，新碑万代敲。
地灵曾翥凤，潭黑欲腾蛟。
自恨予生晚，长吁荐束茅。

编者注：载于彤弓山《徐氏宗谱》卷二。

华亢：生卒年、籍贯不详。

送别徐公[1]之应天节推任诗

摧抑权奸万户宁，路人争说长官清。
老天夺我山乡福，又逐征书上玉京。

蔽芾甘棠满路阴，我公遗爱召公深。
彩旗风送轻车发，多少童牛恋母心。

编者注：①徐公，即徐海。

傅汝舟（1476—1557）：字木虚，号丁戊山人，福建侯官（今属福建福州市）人，著有《傅山人集》等。

白龙洞少谷子题名处

城西小洞伏屋侧，苔深车马尘尚抛。
清泉何心亦避客，白龙与世本绝交。
林枫妒菊倩斜日，溪雾逐雨争低坳。

迟回忍读郑虔字，岁暮旅倦饥熊咆。

潘希曾（1476—1532）：字仲鲁，浙江金华人。明弘治十五年（1502）进士，官至兵部侍郎，著有《竹简文集》。

督军南赣过草萍驿

草萍过我已三回，四壁留题半杂苔。
雾散晓村红树出，云归晴岫翠屏开。
州连衢信雄东浙，路绕冈峦接上台。
一扫尘氛天万里，清风应逐使旌来。

顾璘（1476—1545）：字华玉，号东桥居士，吴县（今属江苏苏州市）人，明弘治九年（1496）进士，官至南京刑部尚书，著有《国宝新编》《顾华玉集》《息园诗稿》等。

常山道中

其一

旅况逢秋尽，山行叹路余。
旱来无野渡，乱后少人家。
橘柚寒多实，夫容晚自华。
愁云黯无极，肠断楚天涯。

其二

迢递常山道，千岩落木风。
客程忧患里，秋色乱离中。
问俗嗟生理，逢人说战功。
伤心乌桕叶，默默不禁红。

陆深（1477—1544）：初名荣，字子渊，号俨山，松江府（今属上海）人，明弘治十八年（1505）进士，官至詹事府詹事，著有《俨山集》等。

游昭庆寺

秋风昭庆寺，初日满回廊。
地古松能偃，山深橘未霜。
移舟还傍麓，著屐试登堂。
高阁凌云表，凭栏意自长。

过草萍

山作重围天共低，一滩分水浙东西。
云边野菜挑冬笋，客里行厨趁午鸡。
鹤背还沾瀑布雨，马蹄偏恋锦障泥。
胜游若许开晴照，为借仙人一杖藜。

草萍道中

老怀病目向秋风，江水西来湘水东。
可是青山知好客，淡云疏雨翠微中。

宿常山集真观

病怀自爱寻山憩，面面芙蓉映远峰。
向晚楼台栖宿雾，报晴钟鼓动秋风。
千重地脉闽关北，八月星槎浙水东。
怀国望乡俱不极，一龛灯火翠微中。

途中见县僚迎春

彩幡银胜飐微风，尘影人声蹴踏中。
残岁雪消江柳外，一年春到海云东。
文明有象占天运，草野无才赞化工。
须信烟波通雨露，轻阴催暖护真龙。

任城题杨闾[1]直夫泉香书屋二首

其一

水纹花气斗精神，疑是成都卖卜人。
传得一区杨子宅，药苗闲洗雨中春。

其二

常山人家画不如，君家宛在画中居。
草堂新开何所有，半贮参苓半贮书。

编者注：①杨闾为杨继洲父亲。

陈察：生卒年不详，字元习，江苏常熟人，明弘治十五年（1502）进士，官至佥都御史，巡抚南赣。

草萍驿用见素林先生韵

清时德业定谁当，济世才应利苇航。
雨露恩深惭报效，楚吴风还任匆忙。
无边云路心悬赤，有限光阴发易苍。
满地春晖芳草绿，梦魂常绕瑞征堂。

还过草萍用韵

原隰周旋分所当，三年重此问归航。
殊方绝域皆吾事，凉雨凄风只自忙。
白发有亲情独热，丹心无改鬓堪苍。
明朝献纳新天子，还着斑衣旧草堂。

三过草萍驿

衰病栖迟海峤当，岂知复此度梯航。
常教丹穴无些事，遮莫红尘有底忙。
四野云收孤月白，万山木落一松苍。
待看净尽蛮烟后，细杷民嵓献庙堂。

丙寅自洪赴召还过草萍用前韵

野性尘容强自当，依然还度武林航。
胜游江上风波阔，闲阅人间甲子忙。
南浦澄澄涵月白，中襟浩浩对穹苍。
可堪独咏东山赋，仿佛抠趋衮绣堂[①]。

作者注：①昔周公劳归士有我觏衮绣句，以其三年始还云，今予孤旅四年才得还。

草萍驿用旧韵

楚越封疆此地当，征夫几度独梯航。
天于清夜坐中静，人在红尘影里忙。
江带三秋孤月白，山零万水一松苍。
南洲荆棘芟除未，拭目全功献朝堂。

作者注：时叛藩虽灭，边帅中势相倚殃民。

答吾詹[1]二士

介居惭冗食，孤啸海山横。

岑寂绝尘想，赓酬引野情。

乾坤成老大，寒暑自纷更。

含药犹怀旧，空庭坐月明。

作者注：①吾名咏。詹名璞，字德温。俱衢人。

崔桐：生卒年不详，字来凤，江苏海门人，明正德十二年（1517）探花，著有《东洲集》二十卷、《续集》十卷。

过杨敬斋司训宅

草玄亭外树成荫，奇字频来问子云。

未厌午窗惊短梦，满酤春酒共斜曛。

桃花院落留莺语，芹叶池塘睡鹤群。

细酌清吟情烂漫，剑光深夜动星文。

夏良胜（1480—1538）：字于中，南城（今属江西抚州市）人，明正德三年（1508）进士，著有《东洲初稿》等。

草萍道中

天地只一寰，谁谓吴楚隔。

风土亦类家，乡音觉为客。
官程数渐多，旅怀何止百。
扰扰行路人，总为形骸役。

萍驿次后峰壁间韵

破帷疲马冒风尘，山色依然不世情。
邮卒殷勤供馆谷，只缘曾识几番人。

草萍驿次一川孙中丞一首

年来舞防任郎当，万顷波涛一叶航。
岂谓色丝忘衮阙，只应狂态笑人忙。
也知拱日穷朝暮，何处游云辨白苍。
前辈风流今未远，是谁笾豆许同堂。

作者注：一川以节死，庙食于江右，故云。

常山公署见明水留题用韵并怀东郭

去国莫教先若水（理水年最少），移家未许借荆溪（东郭谪居相近）。
度云最爱秋山近（过此即江西），滴露曾分晓树低。
几泛雪舟天入画（二公近访阳明），重过烟洞月开篱。
平生仰仗知何事，可信门无凤字题。

三衢过赵清献公祠

四望风光冷色侵，独留高冢卧萧森。
庭栖野鹤如相对，屋照孤松只自吟。
若有匡时随地策，谁将深夜告天心。
西安城外横江雨，长与贪夫一洗襟。

屠侨（1480—1555）：字安卿，号东洲，鄞县（今属浙江宁波市）人。明正德六年（1511）进士，授御史，著有《东洲杂稿》《南雍集》等。

常山台署用韵

有客遥从剑浦来，故乡风景此徘徊。
山田活水千家稻，梅雨清江两岸苔。
蝉响未秋催暑去，榴花如火照人回。
宦游廿载双蓬鬓，报国空惭袜线才。

方豪（1482—1530）：字思道，号棠陵，浙江开化人，明正德三年（1508）进士，官至湖广副史，著有《棠陵文集选》《断碑集》等。

常山卧雪亭

卧雪常山馆，孤吟气转雄。
若逢洛阳令，闭户不相通。

西高峰[1]

南高北高吾得游，西高空在三衢州。
万家烟火足下起，一望洲渚天边浮。
至人做事太奇绝，诸客执袂皆风流。
老僧亦解供笔砚，尘缘拂罢猩猿愁。

编者注：①西高峰，位于西门外二里许。

乞休读书白龙洞二首

其一

去日病初起，曾来访白龙。
高歌动烟雾，早月至杉松。
一出沙尘道，空杯薜荔峰。
此回真梦耳，直破洞云封。

二

古洞游人少，吾今两度来。
开门见流水，踞石数飞梅。
云黑龙何在，昏黄鸟尽回。
秋风能引去，傍尔筑书台。

编者注：载于清雍正《常山县志》。

草萍驿会徐伯和

当年行役下瑶京，长忆河桥步月明。

人妒浮名传已死，君从大难得重生。
相看各喜容颜好，一笑还将宠辱轻。
古驿寒宵灯火盛，仆夫亦识故人情。

山中长费故人招，此际相寻兴独饶。
驿路旌旄疑素雪，草堂灯烛话清宵。
况闻新政多奇伟，极喜斯文未寂寥。
折得梅花赠君去，愿言各保岁寒标。

木棉岭①值雪

木棉岭上雪霏霏，缀树牵枝照客衣。
安得木棉花似雪，尽充贫女木棉机。

编者注:①木棉岭，常山县城南通江山县的一条岭，位于青石镇。

圆通寺

一径逍遥入翠华，白云生处老僧家。
儿童坐我青苔侧，笑斫松枝漫煮茶。

编者注： 载于明万历《常山县志》。

送叶明府升任

水照桃花三月天，观风桥上影翩翩。
万民争欲留慈父，百里安能屈大贤。
玉律金科推老手，短琴长剑载空船。

西台朋旧今无几，为道吾衰雪满巅。

毛伯温（1482—1544）：字汝厉，江西吉水（今属江西吉安市）人，官至兵部尚书，著有《毛襄懋集》《东塘诗集》等。

按察使司院[1]

频年车马无停迹，五度驰驱此地过。
风雨连旬本天意，田间尽水奈民何。
戍戎关塞谁心赤，尝旧林泉独鬓皤。
时事感怀浑不寐，江乡咫尺思偏多。

编者注：①按察使司院，在县治东五十步。

赠常山陈令

常山冲八省，出令合贤侯。
使节频年过，民劳何日休。
牛羊归落照，禾黍熟深秋。
但使闾阎乐，即舒廊庙忧。

夏言（1482—1548）：字公谨，号桂洲，江西贵溪人，明正德十二年（1517）进士，官至首辅，后遭严嵩诬陷弃市处死，谥号文愍，著有《桂洲集》《鸥园新曲》等。

送詹大章赴星子任

匡庐苍苍鹿洞幽，星子下引鄱江洲。
因君忽动香炉兴，一夜秋江瀑布流。

草萍道中

家山入望慰乡心，回首红云感恋深。
圣主天恩何可报，明时相识自难任。

寄方棠陵二首

其一

野人正倚临江阁，老衲新营逋吏巢。
底用移文勒山谷，只妨拄杖过溪桥。
百年价重黄金地，万里人看白玉毫。
寄语棠陵留半榻，秋风卧我白云寮。

其二

闻尔深游白龙洞，今予亦想石门山。
水花自照诗人眼，云物那开病子颜。
江上草堂当象麓，山中棠馆傍禅关。

两乡明月相思梦，一夜天风吹往还。

戊子常山别舍弟

客路余遄迈，乡园尔独归。
关山千里隔，鸿雁两行飞。
报国心犹壮，娱亲愿总违。
忍分姜氏被，愁见老莱衣。

陈达（1482—1554）：字德英，号虚窗，福建闽侯县人。明弘治十八年（1505）进士，官至佥都御史，巡抚山西。

除夜宿常山察院

乡关将咫尺，归计尚迁延。
榾柮燃残夜，屠苏忆少年。
东山高卧处，楚泽卜居篇。
此意何人会，临风仰昔贤。

过常山

崎岖客路且随缘，眼底何人得静便。
五日行过三省地，残冬喜遇早春天。
叶稀老树犹藏寺，茅满平沙未作田。
几向南陲重延伫，两峰晴耸白云连。

孙一元（1484—1520）：字太初，号太白山人，性喜学书，印多自制，自称秦人。

将从衢州陆行至常山

江山二月欠芳菲，白雾黄云惨不开。
石碓自舂知水涨，布帆初饱觉风来。
旗亭唤客春尝酒，驿路怀人晓见梅。
世味已谙滩百折，山行明日又行回。

郑善夫（1485—1523）：字继之，号少谷，福建闽侯县人，明弘治十八年（1505）进士，著有《郑少谷先生全集》《经世要谈》。

即事

即事春相近，回船日日操。
微阳留朔雪，久旱失溪毛。
衢府风烟改，常山斥堠高。
危途疲尔客，汩汩向蓬蒿。

送惟可还三衢

昔年相逢胥水秋，今日重在闽山陬。
中间丧乱真怜汝，南鄙音尘不散愁。

别后山阳频弄笛，花时荆楚一登楼。

旄头尚直天西北，何地巾车各自由。

方献夫（1485—1544）：初名献科，字叔贤，南海（今属广东）人，官至吏部尚书兼武英殿大学士，著有《西樵遗稿》等。

白龙洞

我闻白龙洞，未饮洞口泉。

廿年三度过，今日一攀缘。

罗侯下车初，未尝出游佃。

因予兴满发，携酒向亭前。

广文二乡里，束马来翩翩。

对泉坐移日，共爱流涓涓。

谁谓读书台，此意当不传。

不见台中人，空遗壁上篇。

我思不能忘，我怀何可宣。

愿言托三君，为致一幅笺。

孙承恩（1485—1565）：字贞父，号毅斋，松江府华亭（今属上海）人，明正德六年（1511）进士，官至礼部尚书，兼掌詹事府，著有《孙文简集》等。

草萍（驿）

山行忽终日，日落风飕飕。
苍然暝色起，原野烟光浮。
依稀见村落，儿童逐归牛。
山径丛竹深，鸟雀声啾啾。
万物已偃息，我行良未休。
驿吏走仓皇，再拜候道周。
顾之问前途，为余指林丘。
入门华灯列，山醪献新篘。
空堂耿无寐，百感不自由。
惺惺待明发，起坐听更筹。

常山喜得家信三首

其一

此日逢家信，千金喜更真。
客瞻异乡月，人别故园春。
安稳无余望，康强有老亲。
拳拳寸草意，感激戴苍旻。

其二

幸有平安慰，兼云得两儿。
抱惭非孔释，梦已协熊罴。
天意将无定，吾年已渐衰。
宗祧百年事，抚已重嗟咨。

其三

失学怜儿辈，临缄意不无。
即看语造次，讵有苦功夫。
春雨招梅友，秋风聘橘奴[①]。
小园多干当，幸不至荒芜。

作者注：①书云近种梅橘。

常山道中即事

登登山径绕羊肠，天际孤吹送晚凉。
鸟带暝烟投远峤，马驰斜日转危冈。
汀洲水溢蒹葭老，篱落人家橘柚香。
风景渐于乡土异，黯然离思共秋长。

送杨敬斋之官湖南二首

其一

春日阴阴飞柳花，潞河新水泛仙槎。
一官发轫恭承命，隔岁宁亲喜过家。

好拟坡翁闲听鹤，更寻陆子试烹茶[1]。

莫嫌枳棘卑鸾翼，万里云程正未涯。

编者注：①此郡有陆羽烹茶泉。

其二

才贤杨子自儒珍，不是稽勾簿领人。

廿载已孤锥脱颖，一官且喜职亲民。

洞庭南下观沧海，衡岳中宵望紫宸。

见说梅山梅盛发，可能遥赠一枝春。

舒芬（1487—1531）：字国裳，号梓溪，明南昌进贤（今南昌县塘南乡梓溪大队）人，明正德十二年（1517）状元，著有《梓溪文钞》。

送陈德明[1]署进贤县事归南昌

天地眇刍狗，父母怀婴孺。

乃知亲民官，恩爱若乳妪。

进贤久困惫，生理且为虑。

公家急簿书，略不加恤顾。

催科曰例然，水旱委诸数。

苍昊整不吊，宫阙远莫欣。

乍见公车下，一刬去百蠹。

万姓登衽席，呼号欢来暮。

赠陈德明

闻君在己卯，提兵巡水浒。
战兢接洪城，乱血免蔑污。
所以豪杰才，上信下亦慕。
短歌难咏史，聊尔寄情愫。
轻烟弄春燕，点点天际度。
愿言让明德，孰肯怀伊傅。

编者注：①陈德明，即陈旦（1474—1549），字德明，别号东白，常山东鲁人，明弘治十一年（1498）举人。他立下鸿鹄之志，虽“六试礼部不售”，但屡败屡战，练得一身文才武略。朝廷大臣认为他虽非进士出身，但意志坚定，有进取心，且文武双全，竭力举荐他。初授为江西南昌府通判，于剿宸濠有功，升同知。

聂豹（1487—1563）：字文蔚，号双江，江西吉安市永丰县人，著有《困辨录》《双江文集》。

草萍驿用韵

向来一面独曾当，绝壁捐阶港断航。
老马长鸣惟力尽，冥渴空计避人忙。
莺花着景皆生色，龙蠖违时听彼苍。
自信担囊资已尽，也须闭户戒垂堂。

黄佐（1490—1566）：字才伯，号泰泉，明代香山（今属广东中山市）人，明正德十六年（1521）进士，曾任南京翰林院事。

南归途中杂诗二十二首（嘉靖辛丑）

其十七

怀玉山高云半空，佳人遥在碧云中。
草萍回首三年梦，修竹满庭摇午风①。

作者注：①同馆詹文化邀饮竹庭，冒雨过怀玉，午憩草萍，忆之。

邵经邦（1491—1565）：字仲德，仁和（今属浙江杭州市）人。明正德十六年（1521）进士，授工部主事，进员外郎，改刑部。著有《宏艺录》。

草萍驿次孙一川韵

祥麟威凤事相当，谁止狂澜济一航？
逐逐逝波从理胜，纷纷世态底人忙。
岚风六月云霞壮，浩气千年草木苍。
暂憩邮亭仰先达，歌声今古共堂堂。

重过草萍驿

为人莫道无奇事，四赦于今总不知。
戴履自惭天浩荡，行藏肯惜道岖崎。

岩幽谷邃松方古，云净天高鹤有思。
栖骨栖神天下意，大江东骛正无涯。

杨彝：生卒年不详，江津县（今属重庆）人，明正德十六年（1521）进士。明嘉靖五年（1526）夏过常山，作《忧旱》诗，为常山请减赋，获免十之六；次年杨彝再过常山，“常民扶老携幼万数遮道拜且泣”，要求留靴作为纪念，旧志有《留靴亭记》。

忧旱

两浙观风初入境，关心民瘼此悲伤。
高原园田多枯折，夹道禾苗半萎黄。
救旱何缘诛厉魃，望霖无处觅商羊。
晴光耿耿瞻云汉，此夜含凄未帖床。

蔡经：生卒年不详，字廷彝，号丰洲，后姓张，福建闽侯县人，著有《半洲集》。

白龙洞

晚来不厌野烟浮，共叩禅关俯碧流。
幽洞初探堪一榻，白龙已去几千秋。
风光似此犹惺醉，世事如何得散愁。
更尽十千倾斗酒，玉峰回首路悠悠。

编者注：载于明万历《常山县志》。

李默（1494—1556）：字时言，福建瓯宁（今属福建南平市）人，明正德十六年（1521）进士。明嘉靖年间为吏部尚书，累官翰林学士。著有《群玉楼集》等。

至常山追次二首寄詹子

其一

城喧车马经过少，地远招提岁月深。
晨磬坐来僧说偈，名香飘处鹤听琴。
千花槿色随朝落，万树鶗声促暮阴。
向晚穿林闻梵后，上方归去觉禅心。

其二

卧稳偏劳折兰寻，看山忽过草堂深。
猖狂漫拟苏门啸，潇洒还携陶令琴。
春掩楼台人独到，坐依萝竹昼常阴。
知君揽结芳荪久，不似当年钓海心。

谢榛（1495—1575）：字茂秦，号四溟山人，山东临清人，著有《四溟集》《四溟诗话》等。

题陈中贵园亭

去秋亭馆曾招客，几处张筵到深夕。
花竹学成金谷园，池塘倒插锦川石。

昨经春雪复来游，古木闲云淡若秋。
尚忆歌童唱新调，醉来拍手见风流。

王问（1497—1576）：字子裕，号仲山，江苏无锡人。明嘉靖十一年（1532）进士，著有《仲山诗选》《崇文馆稿》等。

昭庆寺

远公兰若万山中，元度重来午后钟。
窗外白云飞不去，只因长护钵心龙。

皇甫汸（1497—1582）：字子循，号百泉，明代长洲（今属江苏苏州市）人，明嘉靖八年（1529）进士，著有《百泉子绪论》《解颐新语》《皇甫司勋集》等。

三衢道中

山居无别业，民俗半为农。
树杪开山阁，溪弯置水舂。
采薪朝候艇，乞火夜闻钟。
岁晏收卢橘，犹堪比户封。

程文德（1497—1559）：字舜敷，浙江永康人，明代文学家，著有《程文恭遗稿》。

玉山詹给事陪游东岳

玉虹千丈跨冰溪，蓬岛云深路欲迷。
乘兴偶缘青琐客，归舆并度夕林西。

寻白龙洞

寻山何必主人在，乘兴自随田父来。
白云已去不复返，千年寂寞洞门开。

过常山

迁客万里游，西过常山道。
老亲不忍别，相送淹昏蚤。
舟车随坐卧，寝食知温饱。
本为惜别离，亦复欣怀抱。
武夷闻咫尺，携持事幽讨。
幸遂板舆欢，况值清秋好。

过常山

四年两过常山道，万里犹悬禁闼心。
谩道淮阳同补衮，终惭牙父有知音。

香风薄幰山花丽，幽意传弦谷鸟吟。
自是暮春行乐候，不妨车马日相寻。

王渐逵（1498—1558）：字用仪，号青萝子，番禺（今属广东）人，明正德十二年（1517）进士，官至刑部主事，著有《青萝集》二十卷。

棠花馆为方棠陵题

三衢山中棠欲丛，主人自号棠陵翁。
才名已入承明第，鲍谢诗词清更丽。
东南逸士多好贤，满种棠花开绮轩。
主人早慕赤松子，归来直向鸣珂里。
春风草色绿如茵，花下小车来正频。
燕子双飞莺语滑，浥露含晞竞妍发。
东华红软多更嫣，爱尔孤芳是岁年。

梁乔升：生卒年不详，字以顺。顺德人，明正德十六年（1521）进士，任刑部主事，事见清温汝能《粤东诗海》卷二一。

常山阻雨怀同年詹黄门

去年怀玉雨，雅情多荷君。
拨炉煨雪酒，剪烛细论文。

五日方上马，新晴照吟襟。
行行尚不忍，一步一沉吟。
今年常山雨，滴滴上我心。
山亭睡不着，岑寂寒难禁。
美人隔一山，路近无由亲。
愁见黑云翳，恨望枫树林。
安得北风劲，吹散重云阴。
旭日融融起，舆帷生氤氲。
我爰挟我剑，我爰囊我琴。
相见立相期，共话寒更深。

徐釜：生卒年不详，字子山，号湖源，县学廪生。

吊吴金紫墓

衰草凄凉古墓间，墓前犹是旧僧田。
中丞久矣无消息，野外沙弥尚有烟。

吊郑屏山师

东风吹草短穿塘，倚棹江干月满航。
暗里摩挲知沈谢，由来器陋识王阳。
芹波春响龙得跃，云路秋高凤欲翔。
老我山斋无一事，朝朝览镜欢疏狂。

谢卢南矼师

草封门巷又经春，兀兀深山一野人。
赖有性存能胜欲，喜无名管得亲身。
闲中风月何须□（问），在处机锋又竞新。
却忆先生怜荷蒉，自惭迂拙后趋尘。

作者注：右补编诗稿以及梦熊桥碑记数册，系废蓼公遗下抄本，内有旁落舛错，公不敢擅易妄注。予亦仍其旧，以俟之博洽宏通者加考核焉，大清道光十八年仲冬月十六世裔孙兆滮谨志。

赠徐翁毓老舅兄六秩寿言

南州高士重伦常，勤谨克家遗泽长。
弱冠抚幼承先业，盘根错节独力当。
鸿序户随友爱笃，蔼蔼仁亲更睦族。
多方启迪慎防闲，家训垂贻耕且读。
读者胶庠继步升，耕者田园庆丰登。
重楼花萼相辉映，气象从今渐浡兴。
男婚女嫁胥成立，向平志愿酬已毕。
逍遥不为利名牵，乐在庭帏甘遁迹。
尘俗乖争酿百忧，蜗蛮相触几时休。
可怜骨肉纷然散，身世飘如不系舟。
煮豆燃萁何太急，摘瓜抱蔓徒悲泣。
何如林下庇根本，窦桂田荆森玉立。
同胞气谊绾同心，门内雍和鼓瑟琴。
急难孔怀外御侮，鹡鸰在原鹤在阴。
麟趾崭然头角露，犹子比儿互相乳。

有时谑浪起衅端，缪形自挝群悔悟。
等闲云散靖风烟，依共姜肱大被眠。
信知耦俱无猜忌，春酒介眉开寿筵。
与君世缔山林友，多愧渊明植五柳。
伯氏吹埙仲氏篪，丹凤来仪灵夔吼。
神如秋水气如虹，周甲初登品望隆。
莱彩斑斓徵昌后，伫看绳武锡彤弓。

作者注：姻教弟詹绍治顿首拜题。

大壶范即储封徐母叶太孺人八十荣寿寿诗

八十寿母享诸福，昼锦堂前罗彩服。
酒进麻姑新蘖麦，桃献曼倩今正熟。
我曾记得云璈曲，描作丹青代封祝。
祝到尔康真茀禄，钟郝夫人亦是欲。
请扶鸠杖看宝轴，轴写瑶池神仙箓。
更有春秋廿载足，建坊旌表荣华屋。

作者注：子婿胡彦峄。

顾梦圭（1500—1558）：字武祥，号雍里，江苏昆山人，明嘉靖二年（1523）进士，授刑部主事，累官至江西右布政使，未赴任，疏请致仕，为人敦厚，嗜文学，常闭门读书，自奉如寒素，著有《就正编》《疣赘录》。

甲午春强赴江右之役舟中七歌（选三、四）

其三

兰溪东风送帆席，三日遽泊常山驿。
渔舟水碓遍村坞，花边宛宛双鸥白。
老亲安否那得闻，愁杀章江远行客。
呜呼三歌兮可奈何，欲将别泪添江波。

其四

有客有客性迂拙，不解低眉事交结。
羊肠道路多虎穴，前有荆榛后冰雪。
草堂不得长晏眠，红梅翠竹难为别。
呜呼四歌兮心事违，千山花柳徒芳菲。

薛应旂：生卒年不详，字仲常，今江苏常州市武进区人，明嘉靖十四年（1535）进士，官南京考工郎中，家富图籍，刻印古籍数十种，著有《宋元资治通鉴》等。

常山道中

匡庐三载客，渐度越中山。
松桧心如旧，星霜鬓欲斑。
晨曦明远峤，宿雾散澄湾。
金鼓催征旆，飘摇积翠间。

书草苹[1]僧砌路劝缘卷

僧治泥途为坦途，余芟稂莠长嘉禾。
禅心毕竟成因果，仕路行将息鬼魔。
已见人谋无不止，那知天定更如何。
文皇自是西京主，未必长沙作汨罗。

编者注：①草苹，即草萍驿。

孙升（1501—1560）：字志高，号季泉，浙江余姚人，明嘉靖十四年（1535）进士（榜眼），官至南京礼部尚书，著有《易测窥天录》《文恪集》。

送学博詹德纯之任

凌霄徒有志，歧路叹间关。

共说儒官好，其如客鬓斑。
地当吴会秀，钟到讲堂闲。
季子留祠庙，高风尚可攀。

龚用卿（1500—1563）：字明（也作鸣）治，号云岗，福建闽侯县人，明嘉靖五年（1526）状元，著有《使朝鲜录》《云岗集》《诗余》等。

察院行台①

壮年学宦近云霄，乞得闲身伴海樵。
多病只应麋鹿友，无才何补圣明朝。
山林未省江湖虑，关塞交驰羽翼邀。
仕路风尘已如此，冥鸿远去不须招。

编者注：①察院行台，在县治东北忠烈庙前。

朱曰藩（1501—1561）：字子价，号射陂，宝应（今属江苏扬州市）人，朱应登之子，有《山带阁集》存世。

自三衢入常山道中忆豫阳田丈

鸬鹚山前船打滩，蒲口亭中客寄飧。
风旗引路双崖合，云碓舂江五月寒。

玉版擘窠惭纸户，木奴连亩媚园官。
翠微西畔林扉好，欲共游岩赋考槃。

常山还舟忆南衡诸公

扁舟遥指六和塔，一叶飘然下濑轻。
只愁多雨坏水色，未暇披雾询山名。
解绶即看成远客，唱桡聊得慰孤征。
江楼薄暮重云合，屈指应劳数计程。

罗洪先（1504—1564）：字达夫，号念庵，江西吉水（今属江西吉安市）人，地理制图学家，明嘉靖八年（1529）状元，著有《念庵集》《广舆图》等。

尝奉先宜人过常山重经正值忌日感赋

哀节来何促，慈颜去不归。
笋舆难奉驭，竹泪自沾衣。
寒水闻悲鋬，疏林见远晖。
不能五鼎养，空驾驷车飞。

雷礼（1505—1581）：字必进，号古和，江西丰城市秀市镇人，明嘉靖十一年（1532）进士，官至工部尚书，著有《镡墟堂稿》《列卿纪》等。

常山行

征夫尽诉常山苦，水陆交冲达四五。
里甲无名敛算钱，半归县吏半归府。
自身力担过峭峰，气喘暂休崖下树。
狂风忽忽蔽晴空，万壑奔号卷猛雨。
破衣湿透侵寒肤，扛在山中难谢主。
夜深寂寂迷前途，遍地敲门尽闭户。
平明一一付官家，迟迟反拂官家怒。
忍饥飧气及暮还，急向拙妻理敝裋。
更阑吏卒复催征，吓说大官猛似虎。
陆行壅积无人觅，且复下流撑破舻。
沙明滩浅如旋磨，信宿依然在水浒。
干糇已竭不胜劳，匍匐低声叩市贾。
非钱市贾不肯赊，日断北来何踽踽。
此行异日方交代，又恐官家到我土。

许谷：生卒年不详，字仲贻，号石城，上元（今属江苏南京市）人，明嘉靖十四年（1535）进士。著有《省中》《外台》《归田》《武林》等集。

送华学职赴常山

多君盛文学，扬旆入吴川。
去领传经秩，行开讲道筵。
栽藤供酒翰，种橘伴高眠。
独笑无司业，从谁乞酒钱。

孙宏轼：生卒年不详，字以瞻，成都府资县（今属四川内江市）人，明嘉靖十七年（1538）进士，历浙江海道副使。

白龙洞

骊龙卧稳洞门深，飞沫犹成万壑吟。
影倒长江沉绣柱，波翻落日鼓瑶琴。
三游未尽庄生兴，一曲聊兴孺子心。
为语风云常拱护，明时还起汝为霖。

西高峰

徒倚西原对五峰，白云高捧玉芙蓉。
初疑碧海间玄圃，旋觉青山隐赤松。

缥缈九霄风送鹤，清泠双洞水蟠龙。
此中便是真如境，那复曹溪谩此踪。

编者注：载于明万历《常山县志》。

屏山

雨霁上层峦，风光画里看。
双流青镜合，万古紫烟攒。
野润花添艳，天空鹭剧干。
出门谁为碍，对此已忘餐。

编者注：载于明万历《常山县志》。

文笔峰

乘兴临官阁，探奇坐翠微。
日沉江色淡，云起岭容肥。
近市人喧渡，疏林鸟乱归。
鲁阳疑偶尔，试取短戈挥。

编者注：载于明万历《常山县志》。

庞嵩（1510—1587）：字振卿，张槎弼唐（今属广东佛山市）人，明嘉靖十三年（1534）中举，官至云南曲靖知府，著有《太极图解》《弼唐遗言》《刑曹志》等。

过玉山憩杨五一先月楼赋谢

常山朝趁玉山程，揽辔东风雨正晴。
烟树半开笼月影，石梁湍湃隐雷声。
新城关镇知安乐①，浪迹江湖笑草萍②。
侦报不须劳候吏，道旁东主解相迎。

编者注：①安乐，镇名。
②草萍，驿名，即镇名。

为常山陈君荻洲题扇

其一

露湛蒹葭秋水深，美人家住水云阴。
怀贤知有崇贤意，欲向知音一鼓琴。

其二

未见浑如曾识面，素心宁为俗尘缁。
故人天上来千里，正是清风拂面时。

赠常山中陵子徐延芳士棻

予兹爱中陵，四山环四宅。

晓观东日红，晚见西月白。
北斗近紫薇，南箕扇尘陌。
吾中集太和，四时春拍拍。
不以炎燠蒸，岂为霜威剥。
出门游泰华，驱车遍恒霍。
回旋河洛间，兀然憩中岳。
山垤无崇卑，宇宙谁宽窄。
芝茝从芝兰，危巅挺松柏。
坐荫挹幽香，于以寻颜乐。
瓢饮自足甘，蔬食亦不恶。
况已饶膏粱，何忧亦何愕。
勉之贵及时，坚固我可作。
夷惠流高风，清和各有托。
伊尹诚天民，耕莘乃先觉。
圣偏吾岂居，孔时固愿学。

唐顺之（1507—1560）：字应德，一字义修，号荆川，武进（今属江苏常州市）人，明嘉靖八年（1529）中会试第一，著有《荆川先生文集》等。

登塔山山亭次壁间韵二首

其一

关通百粤会，地带上游雄。
车马年年客，尘埃滚滚中。

忧时讥丧狗，逃世托冥鸿。
出处将谁是，徒令怀古风。

其二

平生好奇士，抚景气还雄。
栈度盘蛇际，滩行磨蚁中。
客心南北水，世事去来鸿。
闻说仙山近，泠然欲驭风。

常山怀罗念庵

本为穷幽赏，非因避世氛。
乡心吴水尽，客路粤山分。
名姓休相问，渔樵久作群。
忽思鸾掖侣，日暮倚停云。

编者注：载于《荆川先生文集》。

王慎中（1509—1559）：字道思，号遵岩，晋江人，明嘉靖五年（1526）进士，官至河南左参政，著有《遵岩集》等。

观詹范川大书歌

詹侯清晨登我堂，手携大轴墨淋琅。
直木屈铁相撑拄，展舒未毕神开张。
猛兽峥嵘龙爪利，左拿右攫思复翔。

一波如拳勒盈尺，竖戈撇趯掣电光。
璃瑰侧挫金斜凿，锐锋斫剑星耀芒。
华嵩掷石压虎窟，衡霍兴云起蛟乡。
眑雪纷披惊变态，一手真看百体藏。
如知胸含山海气，郁勃愤盈不可当。
细书琐屑何由泄，故作大画森横床。
激射幽阴竦毛发，妍姿宛转回春阳。
想见回腕乍伸缩，墨池驟涸笔行杠。
看君笔势有如此，前掩崔杜后张王。
数仞高墙，连幅缣素，不足满君之涂洒，
宜治磨崖，千丈壁立摩穹苍。

李万实（1509—1579）：字少虚，一作若虚，南丰（今属江西抚州市）人，明嘉靖二十三年（1544）进士，官至浙江按察副使，著有《崇质堂集》。

由草萍至怀玉喜近家园走笔报山中诸友四首

其一

常日言归今日归，白云今已近庭闱。
钓竿买得严滩竹，寄语盟鸥莫浪飞。

其二

抖擞缁衣拂旧尘，江湖从此作闲人。

相逢取醉无多日，好办云安曲米春。

其三

解脱金章戴鹖冠，青山肯使旧盟寒。
年来见说山中友，不似当时酒量宽[①]。

其四

水竹幽居一径斜，论文时过野人家。
风光别后知多少，计算红梅已着花。

作者注：①嘲郭凡子量窄。

端阳常山道中

肩舆晓发山中道，宿雾溟蒙隔翠微。
一径浮丝犹袅袅，千峰旭日遂辉辉。
异乡同俗仍佳节，绿艾青蒲映白扉。
遥忆高堂共垂语，天涯游子未应归。

得请东归范中方学宪携酌过行台言别醉后列评今古即席漫赋因赠范公[①]

先忧后乐当时志，范老居然有祖风。
倾盖高谈千载外，盍簪清赏一宵同。
溪山处处归樵笠，桃李依依属化工。
但使葵心随去住，不妨萍迹任西东。

作者注：①范公为文正公嫡孙。

赐告东还次常山行台和壁间韵二首

其一

少年漫拟赋凌霄，老矣归与问野樵。
宦业未酬经济略，病躯惟戴圣明朝。
镜添白发年将暮，家近青山路不遥。
为报麻姑旧猿鹤，舟崖碧岭未须招。

其二

再陈短疏入册霄，乞得余生尚可樵。
拟卜菟裘营白社，还将歌咏答清朝。
乡关风雨行将近，世路波涛梦亦遥。
已分息机群鹿豕，田园时赴野人招。

草萍风雨兴怀次忠烈公韵二首

其一

泥途寒雨谁禁当，飞盖浑如不系航。
来去时光看荏苒[①]，驰驱岁晏尚奔忙。
行行且止还吾道，去去何之问彼苍。
便拟幽栖成小筑，高楣合匾赐闲堂。

作者注：①途初秋度山倏忽岁暮。

其二

宦海沉溟浸亘当，回头何处渡慈航。

安流稳浪行来适，细雨斜风归去忙。
世味备尝心尚稚，还丹未饵鬓先苍。
谋生无计从吾拙，高卧林间旧草堂。

感事仍次前韵

海若谁将一剑当，残倭犹自戒舟航。
东南未见烽烟净，道路还看羽檄忙。
灞上棘门终莽莽，莒冈桐岭更苍苍[①]。
尽消氛祲知何日，胜算从来属庙堂。

作者注：①二山倭奴屯处林木郁盘。

郭汝霖（1510—1580）：字时望，号一厓，江西永丰人，明朝册封使，明嘉靖三十二年（1553）进士，授吏科给事中，奉使封琉球王，馈金不受，官至南京太常卿，著有《石泉山房集》《使琉球录》。

金川渡

川水何溶溶，川原何曲曲。
凌晨一棹横，惊起双凫浴。

梁怀仁（1510—1532）：字宅之，明代福建晋江人，明嘉靖八年（1529）进士，授南京验封主事，卒时年仅二十三。

西峰寺

三入西峰寺，黄昏樵未归。
松风吹淡月，林露湿秋衣。
钟鼓千家静，山巢夕鸟稀。
孤琴谁共赏，灯火独柴扉。

圆通寺

深山有径通薝卜，虚洞无人历翠微。
夕照满城僧入定，月明高树鹤先回。
登楼得共中郎赋，煮茗应联魏野诗。
杖舄不妨长醉队，渔樵终念结茅茨。

紫竹山①

紫竹山头晓望开，日高云细鹤飞回。
青联天际浮云出，翠引风前数竹来。
杖履相随频看剑，江湖多病此登台。
道人指点云间路，更采松花伴酒杯。

编者注：①紫竹山，在城北十五里原湖东乡童家村。

与蔡克廉同登塔山

落日云山好，登临二妙同。
流霞江水外，积翠古城东。
塔影青霄立，钟声紫阁重。
凭虚望不极，迢递起千峰。

蔡克廉（1511—1560）：字道卿，号可泉，福建晋江人，官至南京户部尚书，著有《可泉集》。

昭庆寺

二十年来念友生，重游此地不胜情。
欲谈往事僧何在，犹听高山钟自鸣。
花径亦知怜旧迹，春莺谁复应同声。
虽然学道诸缘净，觉悟西峰坐不成。

赵锦（1515—1591）：字元朴，浙江余姚人，明嘉靖二十三年（1544）进士，官至刑部尚书。

修道庵

去年过此曾看菊，今日归来菊在无。
傲雪数丛能我待，披云万里笑人迂。

天边冥雁情同远，窗外青山兴不孤。
茶罢欲行还又坐，余踪后会杳难图。

沈明臣（1518—1596）：字嘉则，号句章山人，晚号栎社长，鄞县（今属浙江宁波市）人，平生作诗七千余首，与王叔承、王稚登同称万历年间“三大布衣诗人”，著有《丰对楼诗选》《吴越游稿》等。

送篔仲之衢州

古路三衢外，青山太末余。
樵迷仙子质，庙过偃王徐。
楚橘秋全熟，吴枫江渐疏。
旧游题石处，好为一踌躇。

彭辂：生卒年不详，字子殷，浙江海盐人，明嘉靖二十六年(1547)进士，累官南京刑部主事，以察典罢归，著有《彭比部集》。

归次草坪[1]驿

猎猎西风拂马头，越州才尽向南州。
青山有缺通宾雁，黄叶多情出酒楼。
万里倦游聊放眼，多年为客倍惊秋。

消愁拟博垆头醉，终恋相依旧敝裘。

编者注：①草坪应为草萍。
载于《粤东诗海》卷八十六。

徐渭（1521—1593）：初字文清，后改字文长，号青藤道士，浙江绍兴人，与解缙、杨慎并称“明代三才子”，著有《南词叙录》《四声猿》等。

琉球刀

其一

客将刀出市，云是大琉球。
海泛防龙合，天阴听鬼愁。
挥空霜欲落，脱匣水堪抽。
万里烽烟地，随身去莫留。

其二

单刀新试舞，双剑旧能轮。
雨过腥闻血，风旋雪裹身。
对环归思动，挂壁蒯缑尘。
醉后时横看，终当赠与人。

作者注：时客常山。

送马先生赴安福谕

曾从讲席抱琴弹，自絷南冠隔往还。
见说近承安福檄，将乘风雪过常山。

詹莱（1522—1586）：字时殷，号范川，常山县城后园人，明嘉靖年间进士，累官湖广按察使佥事，著有《招摇池馆集》等。

石崆溪[1]

飞流喷沫霜雪生，触石赴壑雷霆惊。
皎皎独宜秋汉月，一泓深夜浸空明。

编者注：①石崆溪，即南门溪。

新溪桥[1]

山城谁负济川功，落石凌虚卧玉虹。
怪底鱼虾尽逃遁，碧波深处有潜龙。

编者注：①新溪桥，即南门溪桥。今改建为定阳桥。

昭庆寺

二十年来早挂冠，世身相弃水云宽。
典坟邱索吾家事，耕牧渔樵物外观。
古殿屯云钟磬湿，空山过雨斗牛寒。

卧龙跃马今何在，高枕蒲团梦亦安。

紫竹山

共惜关山月，言寻祇树林。
悠悠出世诀，咄咄岁寒心。
翠竹轻烟隔，苍梧白露侵。
归骖迎倦翼，钟磬有余音。

观音阁①

高阁登临四野春，当轩舒卷叠华巾。
磬声忽落波心去，似起如来洗宿尘。

编者注：①观音阁，在南门忠烈庙后。

浮图鹤

云霄六翮往来便，结构危巢雁塔巅。
我已久无公辅愿，衔鱼休集讲堂前。

杨坞竹

谁栽嶰谷碧琅玕，接叶交枝六月寒。
乘兴偶然来读易，何须频对主人看。

读清简樊老先生传

马鬣峨峨枕北墟，清风犹自袭衣裾。
交加草树乌啼罢，乍卷阴晴麦熟初。
出入三朝需节钺，清宁四海会车书。
归来高炳青藜火，细绎遗编独启予。

石崆山

燕山迢递盼南天，万里崆山在眼前。
一派泉声清洗耳，四周山色压吟肩。
溪桥春雨苔初滑，石角晴云花复然。
却怪别来成梦想，摹神翻出卧游篇。

桂岩

桂花有遗芳，季秋固非昔。
岩洞岿然存，车马犹争适。
公孙敦夙好，迎随俨无斁。
谷口列清歌，芜际敞瑶席。
砏岩碍漉巾，茑萝承飞舄。
入穴探虬龙，陟巘睇圭璧。
霜飙倏然生，落叶纷槭槭。
缅怀乌台踪，余威在棨戟。
阴壑衔清晖，颓阳附归翮。
旋辔瞻蟾钩，迤逦从阡陌。

三丰歌（三首）

社庙

骇骇兮伐鼓，舒连蜷兮歌且舞。
翠旌兮导而从，灵翩然兮以降。
叶灯百枝兮九华，光陆离兮芬葩。
蜿烛龙兮昂首奋尾，上彻星汉兮下沉水。
逐洲渚兮回沿，驱疠鬼兮层巅。
男愉兮女豫，灵欣欣兮醉且饫。

玄帝庙

纷冉冉兮朝宗，望冲虚兮紫宫。
俔迎兮旄随，云填兮渊回。
吹凤笙兮龙笛，簇旌旗兮恣安适。
陟崔嵬兮复下，日既入兮继以夜。
疏缓节兮铁方版，奏渔鼓兮简简。
灵委蛇兮歆之敕，云雨兮时施。
春宜种兮秋宜获，岁穰穰兮于胥乐。

城隍庙

白露零兮玄鸟归，佩弧弢兮祀高禖。
迟迟兮玉漏，月出皦兮扬清辉。
被祁祁兮拜阶扂，冀锡羡兮弗无子。
芳尘飘兮氤氲，前有遗钗兮后堕珥。
趚琮兮琳琅，纨绮辉兮生光。
往复兮悠悠，不可思兮安求。

宿昔兮梦见之起，独立兮吹参差。

游首石山[1]

——明长乐知县詹莱

屡从春山游，值此春山晓。

吾侪二三人，凭高寄遐眺。

仰与云霞亲，俯觉宇宙小。

几席涧泉流，巾舄挂萝茑。

鸟鸣谷响空，日霁江路窅。

沧波没天际，轻烟结林杪。

燕山既漫漫，越水亦渺渺。

乡心逐去云，远月随归鸟。

牛山悲己愚，甫田思徒扰。

且尽盈觞酒，庶以慰缭绕。

编者注：①首石山，在福建长乐。

和徐万夫游圜翠庵词三叠

一

瞻彼西山兮崔巍，琪树郁兮葳蕤。霱屯云兮倏而张，室琼瑶兮翚飞。翱翔兮仙圣，吸玉膏兮餐灵芝。纷往从兮游衍，鸣和鸾兮骖骓。望云衢兮颉颃，与嚣溷兮相违。

二

瞻彼西山兮岪嵸，郁葱蒨兮无春冬。导瑶光兮玉绳，驾紫燕兮黄骢。朝发迹兮苍坞，夕历览兮彤弓。聿孚号兮良友，搴逍遥兮溟蒙。命伯昏兮为侣，挟日月兮长终。

三

瞻彼西山兮秋风生，下侵石潭兮长庚。耀烨朝飞兮白鹤，玄猿夜啸兮薨腾。俨褰裳兮越绝，渺难陟兮蓬瀛。明月出兮白露下，坐銮辂兮吹瑶笙。羽人若去兮咫尺，愁予心兮吁以瞠。

咏方节妇

洗却铅华卸佩环，古云死易立孤难。
欲把贞心比明月，苍难独对凤凰山。

赵公岩

轻飙荡穹昊，修潢引沓嶂。
磊砢矗浑雄，豁险罗清旷。
搴帷恣赏心，结发秉微尚。
贤哲已寂寥，忽恍犹揖让。
滴溜有琴音，翔云如鹤状。
町畦辟瓜华，渊被襳袿漾。
芙蓉艳且妍，橘柚累相向。
顿与人天亲，颇觉神情王。
姑焉酌兕觥，于以远龙亢。
道地即诛茅，曳屣时倚杖。
庶几祛三户，永矢斸一障。

阻雪吟简知己者

霭霭同云，殖殖者柏。蓊荟扶疏，孰念孤直。
念尔孤直，厥维良朋。曰庚与明，爰居西东。
翩翩黄鸟，贻我好音。逝往从之，天寒雪深。
骎骎青骊，载驰载止。岂曰远道，为行多滓。
岂无旨酒，亦有嘉琴。之子之远，孰知我心。
式心喜矣，乐是嘉祥。帝命率育，昭格皇王。

青山

予云鄂至青山浃，参藩裕春袁子巡归，自衡式追弗及，留是。别四章章四句。

青山之限，我行子归。青山之汜，我须子追。
薄言追之，于以绥之。大江之湄，宁可（以）久居。
曷须我友，青山之浃。伊雨以风，使我心怛。
曷须我友，青山之浒。伊风以雨，使我心苦。

客至

有客至止，白马素襮。升我西阶，瑰瑰珞珞。
载举我觞，祖跣盘礴。濡毫染练，置我岩壑。
上荫青松，下维翠箨。爰取云和，载鼓戴作。
一奏猗兰，再奏别鹤。问客安如，五湖四岳。
问客安居，黄第玄幕。问客安群，朋狖友貉。
问客安放，往蚓来蠖。我思齐贤，自哂履错。

脱屣妻孥，随尔栖托。种苗南山，以耕以盘。
于偃于仰，庶几胥乐。

劳诗寄示家儿在泮金陵

嗟此受生，无人为贵。婉婉弱躬，百责攸萃。
呜呼敬止，职竞勿戾。惟时缉熙，罔敢失坠。
兢业寅恭，上帝作配。式念尔生，粤不殆匮。
右敬身。
食求充腹，学求知道。瞬涵息养，日引月导。
匪伊知至，亦曰允蹈。靡祈匪精，靡研匪奥。
静深者渊，立涸者潦，既竭吾才，得祈斯报。
右力学。
裹粮负箧，志在千里。饬我轮轩，秣我騄弥。
载骤载驰，夙夜无已。逝适于畿，宁税于鄙。
往省厥度，爰发尔矢。失诸正鹄，反求诸己。
右笃志。
兴戎惟口，实祸之门。蔼蔼吉人，慎密罔愆。
大扣小扣，拟议以宣。诚焉斯立。行为之先。
凤凰鸣矣，声中律元。有嘤黄鸟，缉缉番番。
右慎言。
善恶有几，悔吝有介。凡此奏功，鲜小因败。
过如门矣，搏中辖口。改如何矣，莳谷去稗。
善必在积，恶不及大。自怨自艾，德修日迈。
右改过。
迩漆者黑，近斗者伤。兽赴其群，物聚以方。

佩其宜矣，惟珪与璋。友其宜矣，惟直与谅。
久渐若性，熟习则忘。师羿友蒙，决拾俾臧。
右择交。
虽有江汉，苇可航兮。虽有锋镝，盾可亢兮。
我思古人，自胜强兮。敦仁祖义，纪其纲兮。
日夜淬砺，百炼钢兮。得失勿恤，毁誉忘兮。
右操特。
谦谦君子，匪曰守雌。隍为城复，卑为崇基。
功德日懋，守之若愚。寸长片善，若或胜予。
惕惕小心，棣棣令仪。媚于神人，高而不危。
右履谦。
三酒下齐，是曰欢伯。厥用维向，惟祀与客。
楡为之禁，乐为之则。惟彼湎人，如不我克。
屡舞败仪，尸官伐国。惟尔斯饮，德将无慝。
右节饮。
太虚漠漠，运以五行。至性混混，感以七情。
君子循理，日跻高明。绝爱弃智，无将与迎。
过而勿有，监空渊明。宥密基命，得一以贞。
右寡欲。

崔嵬四章，章十句，为汪子思亲作

瞻彼崔嵬，兴云凄凄。夭夭者草，有蕨有荠。挺挺者兽，有麋有麂。所谓伊人，逍遥安居。载陟载降，爰东爰西。

倏翔者云，山屹而故。彼伊人兮，如霏如雾。骖龙服虬，佩璨带璐。左挹浮丘，右揖石户。哀哀式穀，明发有暮。

厥慕维门，窅窅默默。声著其耳，色存其目。有席安衽，有车安仆。虽有诗书，宁启其牍。虽有镃基，宁刈其稑。

我歠我芰，馈其享而。我惟我几，瞻其仰而。云兮归来，凄其伧而。云兮不归，山嵣嵘而。忧心如焚，莽滉漾而。

双寿诗

兵宪蓟州小山毛公镇衢之逾年。振纪肃度，奸宄遁革，民用大和。时厥严君双松先生、史氏夫人寿跻，老傅双悬，弧悦刈值。我圣天子新御，宸极大赉，恩命豸翟煌烨，为龙为光，百姓举欣然相庆曰：幸哉有子之克孝也，有亲之克享也，相持而歌。莱为润其词曰：

其一

于维文昭，克类厥德。爰作藩屏，建伯于国。宜尔子孙，本支则百。或宅河南，或奥代北。

其二

诜诜神胄，奕世济休。厥浚维源，厥衍维流。软以定从，檄以解忧。大公小公，诗教温恭。

其三

迨我松公，曰父曰祖。作朕纳言，多历华所。出纳惟允，谗殄以无。眷言别驾，爰笃斯祜。

酬佩兰袁明府示幽怀集

掎桐生高冈，亭亭峄山阴。
宁知岁月久，饱历霜露侵。
下有清冷泉，上有高风吟。
采采宴龙子，朴断为鸣琴。
緪以朱丝弦，兼之徽黄金。
一唱而三叹，泠泠吐英音。
枥马仰天秣，哀猿振空林。
一奏云天阔，再奏江水深。
不辞三四弹，所希在知心。
悠悠旷千载，钟期邈难寻。
洞庭张乐地，萧瑟风满襟。
广陵有真秘，勉旃慎球琳。

贻建昌守郑西岩

荔英灿菩藟，松梢郁森萧。
莓藓过麋鹿，�戏鵁鶄。
我怀丘壑想，君有鸾凰标。
鸾凤非凡姿，丘壑有余饶。
出门咫尺地，旷若千里遥。
形影劳重寻，酬唱不成谣。
积郁废朝昏，和丽成寂寥。
吾闻击壤歌，可以致琼瑶。
何因惠风发，天路坐闻韶。

寄林生

白露浩瀼瀼，明月照窗素。
蟋蟀依我床，哀鸿唳相顾。
如何中夜思，欲寐反成寤。
灿灿牛女星，隔河不得渡。
勿谓相知新，知新始成故。
勿谓兰草芳，虫蚁苦工蠹。
凤凰千仞翔，徒为弋者慕。
莺斯蒿下飞，宁识图南鹜。
志士多远心，天衢有坦路。
羲和无停鞭，青春恐迟暮。
何以最相思，托之琼树枝。
所思在远乡，侧身望河梁。

赴池留别洛下诸同志四首

其一

携手城东门，白白何皓皓。
流水抑复扬，长风吹远道。
远道千里余，告别何草草。
会面皆有情，何况弟兄好。
欲倾如渑酒，与君共潦倒。
丝竹奏哀音，愁肠惄如捣。
胶漆本同情，牛骥始殊皂。
不恨相别促，识君苦不早。

兰茝雨露荣，松柏雪霜老。
荣老会有时，贞坚庶为宝。

其二

黄鹄振孤翮，嗷嗷入紫云。
飘飘游宦子，恻怆思其群。
念昔追随日，冠盖何纷纭。
命驾冲暑雨，并坐穷曦曛。
匪伊杯盘欢，兼之讨典坟。
有时愤南北，誓策旗鼎勋。
投分在久要，宁知一朝分。
何以慰远怀，遗我新诗文。
灿若敷春华，皎若祛秋氛。
欲折一枝菊，将以叙殷勤。
霜风早摧落，使我心如焚。

其三

西望函谷关，东睇首阳址。
上有骑牛翁，下有采薇士。
不能蹑高踪，难辞别离驶。
聚散固浮云，世事亦流水。
不见汉唐日，此地为丰芑。
楼台千层霄，城郭亘百里。
出入尽金貂，游宴皆珠履。
忽值铜驼殃，朝市变荆枳。
所愿同心人，相期究终始。

有酒合斟酌，空名徒尔耳。
胡为东西走，戚戚慕金紫。
千古饮逸轨，竹林者七子。

其四

问我今何之，迢迢归故乡。
上造老母膝，下列幼子旁。
母子岂不欢，恻恻绕中肠。
骐骥恋伯乐，不顾秋草黄。
矧当孟冬日，乖人情易伤。
杨柳余空条，百草歇不芳。
蜩蝉既无声，燕雁交相翔。
三陟何所见，明月悬清霜。
星河有灵匹，皇皇互低昂。
庄惠不相值，终复括其囊。
有琴谁共弹，有酒谁共觞。
焉得肃肃羽，一见君子光。

发东坝趋广德万太守元庵邀饮中秋夜作

理楫泛澄瀛，爱此明月光。
如何舍之去，为促故人觞。
故人忻相迎，华宴夙高张。
丝竹奋逸响，淆核克圆方。
千里谐宿心，佳期信难常。
促膝共欢娱，深夜殊未央。

清露垂中庭，金飚洒衣裳。
碧梧凋素叶，丹桂舒其芳。
反思分袂时，侧望三川阳。
因以歌伐木，兼之咏河梁。

富春逢诸弟

回风逆征帆，薄言遵枉渚。
渊鱼互游泳，沙禽暂容与。
喜慰契阔心，忽接诸弟语。
诸弟向我言，献赋苦不举。
辜负少年时，功名泪如雨。
我向诸弟言，且饮盈樽醑。
自我不相见，三年隔寒暑。
邂逅非偶然，何况出与处。
孔圣饿在陈，桓伯萌于莒。
古来贤圣人，蹇产遭羁旅。
风云忽蒸腾，庸常不龃龉。
剑浦合雌雄，明堂荐筐筥。
归睹口舌存，阴符有余绪。

自姑孰泛江怀胡龙冈二守江两涯节推

明月照大江，岸有千仞雪。
轻烟栖枯林，清辉澹不歇。
回见姑孰城，苍然五情结。

姑孰亦何念，佳人自兹别。
谁谓比邻近，旷若万里绝。
俯仰各有俦，不急巢与穴。
欲贻短书赠，含情不能说。

送徐白江学博

江水正澄澈，凉露白皑皑。
金飚下木叶，冉冉西城芦。
絮灿如雪的，皪皪芙蓉开。
下有双鲤鱼，出没无嫌猜。
上有鸿雁鸣，其声清且哀。
明月悬中天，流光照离杯。
笙歌寂不发，左右各徘徊。
徘徊不能挽，君去我亦返。
相思在中流，岧峣望绝巘。
岂谓伊室遥，佳期诚日远。

赠陈九华雪中见访

黄鹄有劲翮，志士多远心。
之子命逸驾，千里事招寻。
朝发苕水阳，夕息华山阴。
扬袂鼓奇气，吐论流英音。
唐虞事非古，周孔心在今。
何以慰远意，美酒时共斟。

何以结同志，赖此龙唇琴。
冉冉冻云布，茫茫雪花深。
帘疏酒味薄，聊作苦寒吟。
不虑衣裳单，但虑梧桐侵。
愿言强培植，迟彼九苞禽。

望九华峰

决决五溪流，隐隐九子峰。
九峰正何似，突兀青芙蓉。
仲冬风日凄，嘉卉郁丰茸。
瑞气映颓日，苍翠千万重。
中有素心人，服食炼真容。
闲从白云飞，往返若游龙。
我欲问宝诀，跨鹤蹑遐踪。
渴饮月窟露，饥啮丹崖松。
鹤辞羽翼铩，坠身在毕量。
应为稻粱误，奋身不能从。

送陈永康后溪明府班瑞归

昨日摇坤维，今者蔽祲霾。
依微发巽方，蓬勃遍九垓。
恒岳畿甸西，天鼓昼喧豗。
营惑孛紫薇，星火流大街。
圣明致中和，孰得千泰阶。

静言思臣工，昏椓相构媒。
得非我刑颇，无乃君政乖。
秣马授前绥，把袂相嗔猜。
侧闻苏湖水，楼橹栖蒿莱。
岛夷奋阴谋，山越包祸胎。
柙虎敢掉尾，釜鱼曝其腮。
君归东南去，何以祛近灾。
念此气填结，不得倾金罍。

饮雪竹吏氏馆

少小事奇游，滨漠恣大观。
修佩陆离剑，高切崔嵬冠。
载探玄圃窟，复陟瑶池端。
朅来仆大悲，修门寻故欢。
遂登静者室，因知硕人宽。
漙漙零露湑，皎皎秋阳干。
亭皋落城阴，清飚结清澜。
霜叶下金井，青翠摇琅玕。
我友共欣此，杯流若奔湍。
洗心见羲昊，啖嗤食秦韩。
始知蜉游羽，能令天地官。

赠徐生

昔闻杨德祖，奕叶何蝉联。

高视汉南国，正平称其贤。
君家虽异世，光耀相后先。
君独抱奇气，壮怀郁孤骞。
早岁事功名，誓令彝鼎宣。
吐论如炙锞，被服光且鲜。
方朔敢争勇，相如应避妍。
俯躬奉璋瓒，仰志握戈铤。
疾驰追风足，直陟华岱巅。
左手揽扶南，右目瞩居延。
矧当贞元会，王道正平平。
高咏棫朴篇，涵翔若鱼鸢。
夙驾旸谷隅，捐佩蒙汜川。
谁语谋翃拙，我志逾日坚。

偶题

泛泛沙棠舟，兰皋偶栖托。
风雨如晦冥，中夜波涛作。
客子恒竞竞，抚衾四矍索。
岂曰肥稻粱，亦匪厚狐貉。
但畏天吴锋，复避冯夷锷。
谁谓吴与夷，请勿事腹铄。
郁郁洲渚间，嗟此蘅与蒻。
因兹咏伐檀，复以思击柝。
秉龠有真隐，执簧非假乐。
荣华多是非，富贵易陨获。

时因南山雾，同反东亩镈。

送右伯刘蒙庵

薰风起天末，清露朝以晞。
芙蕖互掩映，杨柳相因依。
冠盖集东门，衮绣言西归。
踌躇践笾豆，倏忽俨骖騑。
都人尽兴叹，而我惄如饥。
夫岂儿女仁，形影邈暌违。
牺象岂无酒，对此不能挥。
静听丝竹音，似奏妃呼豨。
遥望东北云，四牡萧如飞。
不见关山长，但见百草腓。
归来据梧坐，仰视怨伊威。
聊取鸣琴弹，梦想黰而颀。

江上忆黄省庵水部

明星垂光辉，照见大江阔。
鹈鸪夜啾啾，鳣鲔春鲅鲅。
书去孰与传，忧来不能拨。
所谓彼姝人，蒹葭唠天末。

送水部吕宇冈归嘉禾奉敕谕葬少傅李大夫人因得扶符

圣孝翊淳化，覃恩股肱良。
少傅抱历归，龙光溢无方。
梓人饬题凑，遂师共便房。
吕侯体深爱，谂母亦得将。
楼船翼锦幔，倏忽返江乡。
闾里俱冠带，子孙俨成行。
牵羊列美酒，结束候河梁。
侍女知几人，扶掖上高堂。
副笄昳象服，袆袆复洋洋。
紫丝匝步帷，黄菊敷清香。
夫人前吕侯，就膝赐一觞。
我始逐北征，鲸鲵避颠僵。
今日反茅蘅，殊恩赖吾皇。
愿女廑夙夜，笃棐报无忘。
吕侯再稽首，欢极还成伤。
始知太平日，举动系纲常。
鲰生明得意，用雪祈父章。

别王西华子三首

其一

置酒城西隅，遥望江与汉。
中有远行舟，曾飙激清澜。

念我平生亲，中夜兴寤叹。
起视天上星，三五正凌乱。
今予何翩翩，矫若云中翰。
愿留须更欢，优游以泮奂。
泮奂亦何为，激管与急弹。

其二

明月出高楼，照见西行舟。
沿洄洲渚间，不去亦不留。
傍有两好鸟，其名为雎鸠。
知我别离情，鸣声亦啾啾。
解赠白玉环，朱丝结绸缪。
采取芳杜衡，烹作筵上羞。
岂论厚薄味，贵与明德俦。

其三

凄凄朝云兴，终日不成雨。
问子千里行，相期在何所。
焉得岁相逢，如彼牛与女。
直陟凤山巅，苍霭满平楚。
子去日悠悠，我行独踽踽。
侧闻古人风，有赠复有处。
跂惠金玉音，肃肃北征羽。

游宴二首

其一

膏雨润土脉，条风扇和柔。
百卉渐甲析，黄鸟鸣相求。
端居念远道，抚瑟增烦忧。
试为游子吟，其声清且幽。
驾言出东郭，以写心郁纠。

其二

郁纠云已写，为乐亦未央。
丝竹奏哀音，水陆克圆方。
泛泛沙棠舟，清流溢方塘。
中有鸳鸯鸟，饮啄自阳阳。
一雏起高飞，恻惋鸣声伤。

酹桃诗
友人省吾子戏折桃花酬而祝之予为之赓其词曰

其一

桃花复桃花，堪比双白王。
宛伸绮筵前，何如萎空谷。
愿得希令颜，临风酹醽醁。
雕敲逐金罍，成蹊任来躅。

其二

桃花复桃花，何事轻采撷。
花实三千秋，宁为目前悦。
瑶池青鸟来，金马小儿窃。
吾皇寿万年，持献未央阙。

寄别赵大理方泉入京

其一

双龙瘗豊墟，光芒彻星河。
一雄西北翔，蔼蔼风云和。
阊阖四门辟，君子曳鸣珂。
窈窕左右侍，瑚琏列嵯峨。
金碧耀云日，出入乐有仪。
褰裳往从之，悠悠隔山阿。
青鸟摩寥廓，远食玉山禾。
莺斯飞抢榆，恻恻愁网罗。
崇卑自有司，谁为劳者歌。

其二

君居江郎麓，我居白龙巅。
相去百里余，不一希令颜。
矧兹燕蓟行，云帆逝翩翩。
杯酒不共持，何以旷周旋。
侧身望三星，离离隔远天。

愿言托梦寐，随君共跻攀。
金飙洗凉露，白浪高如山。
魴鲤慎出入，古人有贻言。
我友盍敬矣，中情自兹宣。

大中丞环浦郑公应召见过敬赠三首

其一

平生麋鹿性，呦呦声念群。
昔在南海滨，颇沟肉角麇。
口衔野萍草，持用叙殷勤。
其雨复其雨，杲杲怨朝昕。
吁嗟忽来仪，蒲轮荐玄纁。
税驾还复起，热中杂忧欣。

其二

肃肃九苞鸟，哕哕鸣朝阳。
青翚翼而雏，时哉羡山梁。
明良庶一德，四海应降康。
昂昂胎化禽，矫翮起高翔。
远辞沧海徼，来为廷殿光。
勉旃慎踌躇，时奏鸱鸮章。

又

忆昔操铅刀，辛勤事一割。
既接石林猱，复弄吕梁沫。
讵知康庄间，翻使舆輹脱。
便便噂沓子，萋菲采采葛。
遂此丘园贲，宁怨骈邑夺。
独有区区心，惧君不识察。

咏柚

青女施严威，百腓惨无色。
郁郁路旁柚，亭亭疏孤特。
修悇拂层堙，低枝亚车轼。
累累黄金实，可玩复可食。
咄咄野蓏茎，蔓延苦征缠。
思以谢剪伐，枯瘁焉可得。

寄林对山少宰三首

其一

沉寒春山空，对此松与柏。
上有好鸟鸣，罗翳滋翠色。
迢迢紫薇垣，含情寄远客。
悬知两心同，不受飞沉隔。
肥羜荐芳醪，驰越阡与陌。

前旆建招摇，后驾骖格泽。
瞬息绝风烟，为附高飞翮。

其二

翮铩不能奋，起坐鸣金徽。
上弹别鹄操，下弹将雏诗。
将雏向所往，千里远游嬉。
饮啄殊衎衎，日夕习翻飞。
试作六英舞，复为九成仪。
皖尔苞象成，览德时下之。
玄扈垂黄绅，琅琅耀清池。
愿雏起翔集，依栖玦树枝。

其三

昔别值玄冬，青阳倏回换。
轻烟结柔柯，融澌飏曾澜。
岁月亟徂迁，感此与寤叹。
所叹非远隔，共此明星烂。
萧傅试冯翊，居东滞公旦。
宣室俟嘉命，蒲轮籍橘环。
咄此倦游者，敝冠岂堪弹。
鼓腹咏康衢，挟柘弋凫雁。

别诗赠共宪小山毛公

其一

煜煜中天月，凛凛盈野霜。
川原既迢递，山谷亦葱苍。
鹡鸰互啾唧，鸿雁俨成行。
纷吾齐吴榜，眷言命苇航。
招招夜中发，追随及严装。

其二

严装将安适，驾言行远游。
逝散嵎夷晖，焜烨偏九州。
代马溯北风，腾骧安可留。
为我三日间，辍辔暂夷犹。
三日等驹隙，安足解离忧。

其三

离忧亦何长，忆觏嵩洛间。
三川帝王州，中多古豪资。
枚马与张赵，自言可齐肩。
揽结陟崔嵬，浣涤弄潺湲。
宁知关山隔，日夕异风烟。

其四

风烟旷千里，恍见旌节来。
戈矛列霜雪，帷幄纵横开。

貔虎越洸溃，江汉俨焯焞。
能令鬼方慑，奚独荆蛮威。
长城造云日，水深山巍巍。

其五

秩秩文德绥，岂徒事观兵。
诗书敦夙尚，裘带缓且轻。
夜秉青藜火，朝阅缦胡缨。
仁风远扬播，衽席有恒宁。
永怀孔迩恩，千载汝坟诚。

其六

昔闻东山诗，无使衮衣归。
兰挠倏严架，骊驹四三催。
舟旐掣清飙，霜戟耀晨晖。
就日近已喜，去日远以悲。
悲来何所御，丽牲视丰碑。

其七

郁郁幽兰草，馥郁摇春风。
横遭青女威，卫护赖高墉。
自顾葑与非，不及云与龙。
驾言旆招摇，相将逐丰隆。
惜哉无羽翼，何言各西东。

其八

西东再俄顷，戚戚情内伤。
愿崇柯山俎，更挹瀫水觞。
食饮有时已，转盼隔江乡。
因之托梦寐，时见金玉相。
是非杳难识，徒挹标梅芳。

寄侍吴初泉

腰镰刈芃兰，牵裳越回溪。
下临黑虎潭，上蹑青云梯。
丛薄被荆棘，深林窜鼯鼷。
朔风激懔栗，垂云结烟霏。
我前猿狖舞，我后鸱鸢啼。
桓桓曾连子，弄丸指前溪。
出我血舆穴，归身子与妻。
飘风起□未，羽翼东西乖。
何以寄远心，托之清江涯。

驾部林仲山雪中见过有赠

驱车登前途，顿辔旋复止。
既以沮汀濑，兼之畏泥滓。
孑孑摇千旌，顾我深井里。
文芒煜烨生，谈锋纵横起。

入我寥天一，游我太古始。
愧无瑶华枝，可以结永久。
赖有屏翳师，六花散琼玖。
矫矫庾岭标，灿灿吐芳蕊。
左右列山罍，有酒多且旨。
开园撷蔬蔌，鉴冰去鲂鲤。
鼓缶歌且谣，不复谐宫征。
虽非芍乐英，庶以赠溱洧。

代书答李巽川二守二首

其一

急雨过城西，绨衣生微凉。
皎皎明月出，曲沼清波扬。
梧桐叶乍脱，芙蕖溢红芳。
唽唽促织鸣，蜩翼号枯杨。
幽怀忽不怿，所欢隔河梁。
想去亦不远，寒暑变阴阳。
愿驰千里骏，一日五回翔。
胡为杂冰炭，自令情内伤。

其二

嗷嗷南征雁，贻我云锦书。
纵横三五行，情意正相如。
知心感壮士，悦己容名姝。

便欲抹我马，兼复脂我车。
身无七健翮，行则复次且。
坐望中天云，随风自卷舒。
天籁薄筠簧，璆然闻琼琚。
束带命行李，敬致双鲤鱼。

赠刘堪舆

人生若石火，复如草头露。
胡为多苦辛，日夕东西骛。
鼎鼎百无成，冉冉已迟暮。
忽悟无生缘，去羡复去慕。
放荡希夷颠，游戏洪蒙路。
前列招摇旌，后驾格泽辂。
丰隆往共还，沆瀣餐复吐。
羲娥并皎洁，玄黄等娉婷。
回首□妻孥，蔑焉若康瓠。
蜕此尘凡骨，永寄延陵墓。
宁知传火理，茫茫失其故。

送林养泉司教自西安迁谕余杭乃兄是予同年侍御三泉

难兄叹仳别，梦寐时见之。
昂昂鸡鹜群，忽靓凌霄姿。
虽无老成人，典刑犹在兹。

孔李世通家，委心同襟期。
百里既已隔，忽为千里辞。
锦幔驾兰枻，霜飙飏涟漪。
冉冉下木叶，枯林峙羁雌。
病予不能送，河梁阻遐思。
尝闻善不善，彼此互资师。
矧兹狗铎者，恳恻崇天彝。

方生东甫

恻恻不能寐，中夜循轩台。
念我平生欢，揽衣越林隈。
关河郁以纡，原田旷每每。
仰视星与辰，中天绝纤埃。
凉飙吹明月，倏然堕中怀。
槐柳澹清霏，寒露白皑皑。
熠耀穿帘拢，蟋蟀吟除陔。
欲题寄远曲，含毫不能裁。
何以结绸缪，愿言视由回。

寄刘光禄小鲁

明月悬中天，皎皎白如雪。
凛栗朔飚生，清霜倏凝结。
亭亭南山松，蓊蔚滋晚节。
下有清冷泉，虚明映澄澈。

徒倚盼睐间，含情寄明哲。
因以念金华，由之恋王阙。
仰视牛女星，临河乍明灭。
众禽各安栖，煦煦自愉悦。
摄齐攀其巢，我马踧以蹩。
愿托邯郸魂，缕缕道此别。

谒赵忠简公墓不获

曰予慕往哲，老大意不移。
渡河念大禹，观画思庖牺。
逝言车马迹，陟降靡所遗。
北历获麟渡，南寻化龙陂。
扪涕潇湘竹，乞灵毕郢蓍。
孰知忠贤骨，近寄邻与比。
想当筹笔日，樽俎折昆夷。
远将仲父埒，近与莱公齐。
勋猷镌彝鼎，溟漠迷履綦。
徒怀叔誉志，安得聊曼知。
欲进屡复却，既去仍转疑。
峦麓郁窅窅，河水清弥弥。
翘首睇曾汉，唯见尾与箕。

寄刘考功小鲁

高跻黄鹄颠，遥睇金沙渚。

玉树郁青葱，琼波乍容与。
只疑解佩皋，湎有浣纱女。
抽轸欲相投，把兰未敢语。
伊今限畛畦，畴昔同酤醑。
孰与命金镳，谁邀拾翠羽。
惊时靓嘤趯，怀远停筐筥。
形影楚犹燕，恐安予与女。
绝恨鹍鸯鸣，苦无晨风举。
愿言惜居诸，因以终誉处。

立春日纯心书院宴集赏灯应令作

良辰协玉律，嘉惠忝金罍。
钦贤膺睿想，授简惭英才。
清扬鸣鹿阕，宛转降龙来。
阒然乐鼎沸，其殷宫车雷。
土牛寒已破，火马星俱回。
缇室有芳菊，露埠先落梅。
瀌瀌雨雪霁，奕奕云汉开。
欣彼四美节，奏兹千年杯。
江汉纪南国，弓韣享高禖[①]。

作者注：①时楚王未有嗣息，故祷之。

敬陪楚国戊祭

吉蠲奉三望，顺成通八方。

骏奔敬翼翼，左右神洋洋。
率循肃傻性，式修金玉相。
交旗摇碧落，上辂驰康庄。
豊隆达郁畅，斗极曜琏璋。
华始奏方阕，公尸成降康。
贡茅配万祀，献酎师百王。

宿五龙山

建旐龟峰麓，环辙鹤水端。
陀隩既登顿，銮辔仍盘桓。
朝行火已觌，夕息露欲溥。
野旷牛羊下，沙空鸿雁寒。
岫云飞且白，枫叶落还丹。
祇树暂秣马，郁蓝旋授餐。
庶殚周咨责，敢辞行路难。
徒倚乌皮几，逍遥鹖羽冠。
愿招长离鸟，共食青琅玕。

双峰诗

息心解韬帙，挥手谢朋辈。
灵雨冒溟蒙，卿云靓霮䨴。
坐集鸾鹤俱，行穿杉松拔。
荏苒钵昙花，净淙云母碓。
玄黄极高深，阴阳互显晦。

鹿豕尽同侪，林峦岂殊类。
霍然去町畦，怡尔释洸溃。
夷犹祛夙心，侘际非曩态。
后哲弗敢闻，前行岂吾逮。
不愿河朔酣，罔念昆夷駾。
风乘万里游，礼图一揖退。
谖草早已树，迷縠何必佩。

冯茂山

及宽诡负担，趋急越郊圻。
只服君子役，每负灵山期。
宁知勾芒泽，讵识太皞规。
峦壑郁苍翠，卉木挺葳蕤。
新林散鸲鹆，旧幕旋鷫鸸。
榆荚霡霂雨，桐花清明飔。
献稑忆穰穰，采蘩值祁祁。
兰圃偶秣马，琪园因絷驹。
得寻赤霞岭，复睹白莲池。
雁王献珍果，鹿女衔神芝。
何殊陟姑射，亦类升具茨。
王子信可学，周公岂吾欺。

送铜仁周参戎桂山

开筵芳草郭，授辔清江潭。

娇娇怜猿臂，悠悠忆燕颔。
忽惊白浪动，时见黄云龛。
于野嗟何及，无柯心转惔。
蛟螭缠宝剑，骐綦翼飞骖。
峦岭齐高下，川原自北南。
书回衡岳远，旆拥洞庭汲。
努力加餐食，轻身胜瘴岚。

题赠

鲁连解缨组，范蠡泛滨渤。
战胜貌已肥，几先智斯达。
帝乡邈难期，天墟若可越。
扬帆朝夕池，鼓拖金贝阙。
披沙采玉珧，然石煮海月。
波涛势瀼潏，云霞状轩豁。
日与鱼虾俦，时免鹅鹭蹶。
信宿不维驹，三秋非采葛。
谁云有方民，庶悟无生法。
捐迹付丹青，全身谢劀刮。

春游

新霁欣谷莺，积霖忆波豥。
金兰尽谢陶，童冠唯铉锴。
松畔乍舒徐，竹林作模楷。

风生池塘涣，雨施草木解。
夭夭桃似源，栎栎箨如解。
千林围巨崖，百谷集深澥。
羽翮互翩翻，英卉欲纷骇。
鱼登郑池钓，酒自黄墟买。
右篮有薇蕨，左手把螯蟹。
欢放紫芝歌，喜续金鳌解。
请君日遨游，有滰虑沾洒。

寄侍御陈青田

其一

翼翼人中龙，眈眈殿上虎。
威棱压苍螭，风裁万骢马。
坐进柱下道，共为衮职补。
献陵抗厥对，淮南寝其侮。
朅乘鹭羽车，聊持绣衣斧。
六事察郡国，三刺讯疾苦。
纠纠志澄清，骓骓事靡盬。
容与严陵濑，翻飞浙江浒。
霜卷青鸾旌，潮鸣木兰橹。
猎猎谷风遒，皎皎山月午。
谁知固辙鲋，偶值垂天羽。

其二

小白城楚丘，重耳执曹伯。
封卫固深仁，□宋实厚泽。
不使故旧遗，顿令浇庞革。
指挥分瀫洛，谈笑辨缁白。
南市宜僚丸，东海鲁连策。
云水片时违，风烟儿重隔。
寒暄变贞元，荣瘁异今昔。
脉脉坟土膏，甡甡生角络。
因瞻织女襄，复眺牵牛锐。
石城璆山苍，星渚漾水碧。
出入三休台，招摇九逵陌。
喈喈鸣苍庚，滃滃浮琥珀。
安得山阴棹，同试谢墩屐。

林石云网纪西广卒数年始闻讣音哭之以诗

负疴遁嵚岗，避势甘蕨薇。
凄凉访朋旧，苍茫恋音徽。
孰知草已宿，因悟梦犹非。
忆昔彤管赠，逝同白首归。
良马互相逐，屈卮时共挥。
出入子恒在，语默我无违。
神剑难久合，庆云易分飞。
葛陂龙变化，华表鹤因依。

愁波洞庭阔，惨日苍梧微。
无由陟马鬣，有约辜渔矶。
寄心三山下，惄焉如旦饥。

秋日登东城楼

白鹤渡缑岭，青牛出函关。
野望尽吴楚，清兴属川山。
潜虬试接引，栖鹘愁跻攀。
曰予纵尘鞅，咨雨投朋簪。
披衫纳兰茝，列席当松杉。
悠悠来远雁，杳杳归孤帆。
山桂灿新缬，江枫化初颜。
愁心逐冀北，羁迹滞周南。
遥思战胜者，心与秋空间。

杪秋邑侯郝鹿野公宴白龙洞

地僻潜虬螭，天高迟鸿鹄。
萧萧三籁生，凛凛百卉肃。
贤宰固人龙，初艰试林麓。
远交千古神，时骋百里目。
细雨润霓旌，轻飙荐熊毂。
鸾鹤卿云迎，牺象新酒绿。
文茵细草籍，珠贯飞泉瀑。
秩秩旅宾筵，呦呦咏鸣鹿。

煮石北涧荆，采菊南山屋。
返照射丹崖，清声落玄谷。
施愿均逃亡，豫以防种稑。
式令龙洞颠，永留岘山躅。

哭大司马凤泉王公

气祲三台恶，风霜八座寒。
车旋兴掩泣，琴彻罢升弹。
洛水思归衮，燕山讶筑坛。
钩陈严警柝，渤澥静回澜。
绛野敦诗礼，虞庭赞羽干。
张皇勤召诰，奸匿诘周官。
宝剑崆峒倚，长城社稷安。
北门扃铁锁，南市弄金丸。
城下盟摧楚，军中胆破韩。
虎蛇齐翼翼，江汉俨啴啴。
畅毂摇双凤，葱珩应八鸾。
迅霆翻震炮，明月照旌竿。
地远还犀带，天高降王棺。
新田宪文武，易水变衣冠。
阵垒留遗迹，云台饮恨端。
老成纶诏惜，樽俎庙谟看。
黄石祀还葬，白猿舞更欢。
歌声薤露哽，涕泗挈壶干。
箕尾神犹壮，挽枪气莫奸。

方征士过访

黄石久招要，白云自怡悦。
每超无极先，因悟长生诀。
阶雨长蕨薇，林风送鶗鴂。
空谷乍惊雷，何哉倏仳别。

楚府猗兰馆十咏

其一

姑射神仙府，华胥帝子家。
楼台涵倒影，水木澹清华。
关气连瑶谷，城标建赤霞。
只疑牛斗近，时泛木兰槎。

其二

前席能趋士，分庭世象贤。
竹苞纷秩秩，莲叶正田田。
设醴重今日，履珠非昔年。
谁知蓬阆里，亦自咏宾筵。

其三

宫中木芍药，天上石麒麟。
旧曲捐时赏，明珠与世珍。
春波摇梦泽，瑞气接钩陈。
桐叶恩无极，兰馨德有邻。

其四

云竦忘忧馆，天开大雅堂。
驾桥原是鹊，驱石尽为羊。
沃沃戎王子，猗猗帝女桑。
纷缤歌舞阙，仿佛是霓裳。

其五

赫奕隆三恪，夸毗下五侯。
风翻翡翠幕，日射珊瑚钩。
只应吾数马，谁谓尔无牛。
亲亲何用表，翘首御书楼。

其六

重积归玄北，参寥祝木鸡。
养生吾有主，物论尔应齐。
抱瓮诚甘拙，据梧分守溪。
林峦天咫尺，冕黻日攀跻。

其七

青莲三斗酒，子建百篇诗。
投果调鹦鹉，钩帘受鹔鹇。
梦乡行雨庙，身在影娥池。
贤者真能乐，千秋永若斯。

其八

八桂凌霜挺，三芝曜日英。

枕中秘鸿诀，壁内破麟经。
光秉青藜杖，幽通太乙灵。
谁云东海乐，日息未遑宁。

其九

霭霭□云溢，溥溥宝露零。
平原十日饮，曲沃七日明。
地势连员峤，波光接洞庭。
奚囊何所有，只颂太阶平。

其十

簪笔游梁苑，摇裾到雪宫。
招邀虚锦席，罄折释瑶弓。
大小工言赋，雌雄辨户风。
二难真忝窃，谁复问蜚鸿。

渔火

绝浦渔灯暗，空江月色多。
关山空有恨，欸乃忽闻歌。
风静星河没，天寒木叶波。
孤舟无住著，独酌奈愁何。

赠徐司训

载祖辞金马，鸣榔入瞽宗。

登堂听琴瑟，夹陛课赍镛。
月隐西陵树，云横北固钟。
试燃犀角照，江窟有潜龙。

送博士张北台之建康

神州鹄鹊观，才了鹔鹴裘。
晓霭迎仙旆，秋波促北游。
帆回山势重，叶落浪花浮。
目极通鸥渚，魂劳结蜃楼。

入楚别张瑞峰西郊

宾筵十里别，云水百重宽。
怀玉竟投楚，授书终报韩。
暮烟迎岫紫，落日射枫丹。
出没双鸥鸟，悠悠卜急湍。

江上望新月有怀

约约远升海，依依清映湍。
芙蕖偏浥露，杨柳渐生寒。
独酌酒中圣，凭贻心所欢。
鸳鸯双水宿，惊起触纶竿。

江行逢在川胡峡江

霁雨吐残虹，孤洲生晚暄。
荷钱水面出，隼翮云端翻。
击汰齐吴榜，倾罍赠楚荪。
离怀谁得似，江水去纭纭。

碧玉流

冥契一真境，偶兹三笑同。
列筵衎衎石，振袖泠泠风。
喷薄惊涧玉，蜿蜒睇泉虹。
坐待江月上，尔我照俱空。

白莲池

遥望白莲峰，莲池冠其巅。
雪残不病藕，春尽未凋莲。
载陟复载降，无后亦无前。
逝解巾韨困，趺坐参大禅。

蝉鸣

羁靮傍秋水，杉松晞夕阳。
伊谁吞九泽，祇已滞三湘。
云横阳鸟白，露浥鞠华黄。

孤馆对蝉噪，曾飔清梦凉。

代书谢朱两厓侍郎惠新荈

纤嫩嘉雀舌，香甘玩龙团。
采撷烂石秀，烹瀹澄江寒。
一斛疗瘕瘵，七桃生羽翰。
洵美岂在汝，贻自仙崖端。

梅

春深兴俱发，地适神自存。
共酌郁金醥，谛观冰玉魂。
风凄薄雾浥，月隐微云奔。
岂伊异人赏，四海弟与昆。

款魏生

华甍敞霞岭，绮席俯晴波。
云薄雨乍过，烟密风始和。
出谷鸣好鸟，拂槛弄柔柯。
愿进清凉酎，浃旬岂为多。

泛舟艳曲

玄鬓霭卿云，明眸曜华月。

激楚态难穷，采菱调未歇。
羞委瑞花英，愿砺劲松骨。
愧我随鸱夷，扁舟逐滨渤。

夙兴

凉秋帘箔彻，及晓衾裯单。
芙蓉华气湿，杨柳叶声干。
煌煌星欲没，冉冉露仍漙。
征人久未返，使我不能餐。

送史雪竹二首

其一

灿烂白石咏，逶迤紫芝歌。
岂是厌金穴，只以避谗囮。
三翼清风远，五湖明月多。
鸿飞在寥廓，戈者其奈何。

其二

苏季六佩印，陶朱三致金。
殊非渐逵羽，讵免执鞭心。
多君丘园贲，谐我山水音。
归来共盘涧，远行毋滞淫。

咏宝剑赠何尉入觐

五精初淬锷，八气会藏神。
英灵辟魑魅，芒耀动星辰。
感激神仙尉，周防君子身。
宁沦天下宝，拂拭献枫宸。

赠陈后溪太守

久别欲头白，乍逢还骨惊。
六花奕奕至，五马萧萧鸣。
眷言忆柿浦，翘首望梅城。
君归应为我，天揖谢耆英。

迟客

白驹不淹留，青春稍迟暮。
纷从物外游，暂辍区中骛。
瀰瀰绿水澜，灼灼夭桃树。
佳人不在赏，琴瑟谁共御。

有客

有客乘春至，昂藏海鹤姿。
五酱谁知馈，群鸥日尽随。
回飚风转蕙，隐映雨飞丝。

起予溟渤思，鼓枻逐鸱夷。

送徐御医入京

络纬啼金井，鹍鸡舞玉空。
蟾光通户牖，蜃气薄帘栊。
为入韩康市，聊乘御寇风。
别离隔秋水，惆怅忆冥鸿。

徐簿三溪挽歌二首

其一

广柳溯东水，明旌摇比阿。
人生未免此，天道还如何。
蒿里日晞露，洞庭木落波。
羊车终反袂，马鬣宁忍过。

其二

难回百赎痛，已讶经年期。
落月只疑照，停云犹自思。
蘧蘧蝶梦杳，嘒嘒蝉声嘶。
讵有招鬼诀，宁恐巫阳悲。

病中送客

质疴屏氛杂，念子情悠悠。
明月渺无际，春江不可留。
垂杨弱堪折，黄鸟鸣相求。
河梁阻瞻望，扶掖登南楼。

诣孔氏子

猎猎谷口飙，历历池中星。
蟋蟀入床户，雁鸿嗥沙汀。
伛偻三命裔，道德五千经。
盈盈一水隔，星夙命辎軿。

送徐尉入京

蹇蹇自闽越，悠悠赴幽燕。
霜白江枫坠，天青山月圆。
兰筋催笃速，彩翮起连翩。
自有梅尉疏，不后祖生鞭。

宿沟溪

其一

采羔事旦谒，书鹢乘宵征。
冷风和薄露，涟漪漱余汀。

苍苍蒹葭瘁，累累橘柚荣。
一水千里隔，迢迢望三星。

其二

授衣已届节，砧响方盈空。
熠耀隔潭火，啾唧隐砌螽。
水天圹无际，形影谁与同。
逝将诉屋雀，振翅随冥鸿。

岳王坟

荒坟尚青草，遗庙空翠微。
湖波影潋滟，云树势因依。
生死贸夷夏，古今成是非。
曛黄凤凰岭，忍见鸟争归。

放鹤亭

平地神仙侣，孤山处士家。
凄凉邻绀碧，沦落抱烟霞。
玄裳缟衣士，暗香疏影花。
徘徊涟漪畔，迎送暮归槎。

伍胥庙

回首镯镂剑，遗恨鸱夷皮。

乾坤恶忠直，父子骈诛夷。
石田难生辨，冢骨奚腐笤。
所以五湖长，一舸浮西施。

鲁尉惠鹦鹉自秦漳

翩翩灵慧鸟，迢递生流沙。
调味狄鞮侣，刷羽旃檀柯。
作赋怜逸兴，缄题寄天涯。
樊笼对陈夕，咫尺戢光华。

徐生读书紫竹山

渠渠□宵客，灿灿朝花英。
深藏七日雾，焕发九苞翎。
洪涛跋滨渤，幽思游太清。
日夕崇峦对，贤良[①]第一名。

编者注：①贤良，山名。

寄仰西王文学

聊因象川水，遥望龟山城。
挺尔松柏秀，悠然芰荷情。
宾鸿绝遗响，宝瑟无和声。
赖得濯枝雨，以洗忧心酲。

逢胡高士

千里共杯酒，五载绝履綦。
耿耿明河念，忉忉甫田思。
枯树锦剥落，河水冰漓澌。
庭除脱羁靮，感叹前相持。

立春前三日赠葛王滨适闽

其一

条风坟土脉，晨宿正农祥。
乍解交甫佩，还服牵牛箱。
招摇引别旆，琥珀荐离觞。
焉得晨风羽，从尔西南翔。

其二

心伤千里雪，目随三素云。
鸟翔欣求匹，默挺悲离群。
水泉马江动，烟草鸟石欣。
采采驿梅赠，为问无诸君。

秋日饮城东别业四首

其一

皎皎澄潭回，依依负郭隈。
巾车解纡郁，举酒蜀昭回。

晞露芙蓉笑，横空鸿雁哀。
何因生羽翼，一举凌蓬莱。

其二

疏林凝白露，孤屿漾清晖。
俯仰成今昔，荣枯更是非。
出没倏鱼乐，因依鸥鸟飞。
重阳风物近，不醉莫言归。

其三

妙舞逡巡出，清歌次第闻。
游龙盘碧落，语燕入卿云。
酒泛南山菊，美烹北涧芹。
谁知田与窦，朱绂及玄曛。

其四

林梢挂新月，江天织暮烟。
方舟悲宛在，平楚望苍然。
鼠虎非今异，夔蚿自古怜。
沧浪归路咏，垂辔信金鞯。

癸酉九月十二夜月下即事

徒倚瞻云物，虚徐玩月华。
影迎朱翠近，尘逐麝兰赊。
禖祀悬弓韣，安车兢狭邪。

北门吟咏罢，浊酒泛黄花。

寄周启斋比部

春晖暗绿柳，旭霭催苍鹒。
凭阁眺平楚，临流忆友生。
大别屹常在，孤舟间自横。
神京渺天北，谁与共飞觥。

滠水杂诗四绝

其一

启明与长庚，朝夕随去来。
至今逍遥游，只忆望鲁台。

其二

军马如游龙，康庄似直发。
荟蔚木兰峰，朣胧隐华月。

其三

潭幽栖应龙，台回宿威凤。
行游走京兆，悔予不能送。

其四

山矾与碧桃，夜筵间红白。
诘朝盲风发，嘣呖阶下石。

桂树吟

其一

今年看花迟，去岁看花早。
迟时开且落，不如未开好。

其二

昔至怀笑多，今来有悲叹。
不悲花香微，良朋苦星散。

其三

缠绵桂树枝，苍腾万岁色。
持此劝君酒，愿君寿千百。

其四

昔时牡丹芳，今时桂枝香。
天香与国色，任君自取择。

其五

轻飙吹白日，枝叶影婆娑。
不待明月出，那复见嫦娥。

其六

嫦娥何不见，应是无灵药。
我有九还丹，往贻还复去。

共七

昨日花已开，明日应复落。
今日何不往，夜来风雨恶。

其八

风雨虽易落，请祝水潺湲。
浮英尚可食，东去复西还。

送林簿罢归三山三首

其一

力田不逢年，苗生尽枯槁。
穮蓘徒辛殷，芟刈同蒿草。

其二

邻鸡正咿喔，风雨倏如晦。
能洗浊路尘，厌浥亦可贵。

其三

渺渺江湖水，泛泛星汉槎。
于焉聊戢翼，兼以避含沙。

别诗十首己巳人日前一日作

其一

小别三十里，时时怨离居。
今君已夙驾，大别复何如。

其二

对酒不能饮，憔悴双鸳鸯。
还忆黄泥坂，酩酊三百觞。

其三

斩斩麦苗秀，鹭鹭梁雌集。
高飞念俦侣，低飞畏罗縶。

其四

梅花已历乱，杨柳似堪折。
不惜须更欢，恐失芳菲节。

其五

梗漂愿作水，絮起思为风。
日月有昏晓，天地任西东。

其六

习习谷风劲，隐隐崖月微。
不问归何日，但问去何依。

其七

汝为结楚舞，吾为恋吴歌。
歌竟客欲散，舞罢伤如何。

其八

高陟东山巅，遥望木棉路。
能忘犊鼻裈，三步一回顾。

其九

今夕人已别，明旦人日来。
春风枉流连，吹我罗帏开。

其十

曾云忽凄凄，兴雨泥滑滑。
溪涨野桥断，车马讵能发？

招摇池馆种竹杂吟二十一首

其一

黝垩明新馆，蓬蒿刈旧池。
白云乍来去，只对此君宜。

其二

阑干醮水湿，睥睨逐门开。
谁移新竹至，似与故人来。

其三

隐隐小雷发，蒙蒙微雨滋。
不须拘腊日，止是记南枝。

其四

圞圞色尚困，依依根自深。
暂须芰凤尾，疑已作龙吟。

其五

常疑牛女间，种柳不种竹。
忽见招摇畔，苍然杂青玉。

其六

出入频四顾，坐起时相依。
夜梦竹神问，鲍叔是君非。

其七

墙东上芳目，流影池水中。
鱼虾竞逃遁，只恐是虬龙。

其八

墟头沽美酒，青青堪比色。
无汝原非主，有我即为客。

其九

惠风自南来，飒飒起秋声。

画帘四大爽，冰簟二毛惊。

其十

细叶非贝叶，一片题十诗。
傍人休借问，即是竹枝词。

其十一

籊籊钓淇思，道远莫能致。
谁云右军来，林中走逃避。

其十二

风来枝乍眠，风去枝还起。
时有翡翠过，飞来集雕几。

其十三

郁郁后凋姿，弟梅及兄松。
同结岁寒盟，堪号三一翁。

其十四

堂北梅稍腊，篱旁稚子春。
应烹金色鲤，同献白头人。

其十五

孙枝奏方泽，孤管享圆丘。
萧萧天籁发，张乐洞庭秋。

其十六

朝来过微雨，便娟翠欲流。
杖犹留葛陂，鬼已入罗浮。

其十七

凤凰盛世瑞，练实应离离。
谁传青鸟信，明岁好来仪。

其十八

帘卷亚星辉，轩开悬露滴。
邻家会幽意，忽奏高迁笛。

其十九

栽竹复栽莲，红芳正清越。
盈盈佳人姿，屹屹高士节。

其二十

林中七贤者，胡为五君吟。
山公宦未达，犹可结同心。

二十一

兀兀岁华改，油油红翠滋。
讵云风露态，犹有雪霜姿。

喜故人自建康至

新莺睨睆语，故梅历乱飞。
烟江片帆落，喜见故人归。

题画

被羊本无心，垂茧非有待。
未须前鱼泣，孰肯后车载。

题画杂咏十四首

其一

昔泛彭蠡水，遥望匡庐峰。
林峦郁苍翠，崖壑飞素虹。

其二

鸱夷逐扁舟，回波乍容与。
时见白云飞，闲共群鸥语。

其三

茫茫烟霏结，沉沉梦泽深。
空中闻鸡犬，混沌疑在今。

其四

仙人好楼居，达士知坎止。

徐步过林坰，杖藜者谁子。

其五

抱膝长短吟，巢居学龙蠖。
桥外无人行，桥下有鱼乐。

其六

鼓枻无前期，幽篁发新声。
身随白云去，心与沧浪清。

其七

星罗五杨柳，角立二梧桐。
孰为宾与主，并坐数蜚鸿。

其八

舣舟柳堤石，闭户全天真。
只愁白鹭来，食喔葭下鳞。

其九

江空雪漫漫，天地浑一色。
鸟雀不敢飞，时有泛舟客。

其十

故人渡前溪，呼儿具鸡黍。
开瓮漫斟酌，不复问汝尔。

其十一

抱琴坐松根，试写松风音。
聊因白云去，为寄江月心。

其十二

系舟不肯归，雪满林中蓑。
鲂鲤非吾志，瑷瑶奈尔何。

其十三

莲花美而艳，莲叶正田田。
持赠远游客，河水清且涟。

其十四

垂钓绿江湾，扁舟倚汀濑。
不是羊裘人，毋劳使者盖。

文坞访友不过四首

其一

洞口寻幽期，通家有夙好。
相见隔年春，秋光倏垂老。

其二

鸿雁久已至，菊花犹未开。
因缘付白鹤，飞入读书台。

其三

鲦鱼潜深渊，池光净如玉。
时因天风生，清声起修竹。

其四

肃气凋枯枝，斜阳落饥翼。
纵横石藓文，即是羲皇易。

嵩山吟寄洛阳诸朋旧

悠悠我思一向深，江水黯黯愁太阴。
雾霏雪霰夜沉沉，鸿雁哀鸣不可禁。
寻源忆上嵩山岑，仙之人兮列如林。
白王阶扂堂黄金，参驾雪鹿骑青禽。
六著对博遥相临，芙蓉没人调玉琴。
生簧吹作鸾凤音，琼浆醉覆天为衾。
荫翳五色芝缤森，食我瓜枣腹不任。
洞天日月无古今，嗟嗟何不投吾簪。
溪壑幽黑对毒淫，虎豹嗥动猿猱吟。
衣裳单薄霜露侵，曷使牛女为商参。
云山迢递隔氛祲，爱而不见伤人心。
忧来但击青萍镡，不觉泪下沾衣襟。
谁其烹鱼溉釜鬵，嵩山嵩山心所钦。

思首石二首寄林公孙石云

我思首石矗直上兮无极。下临溪壑洞深黑，灌木丛卉路尧侧，鸱鸮鸣止车轂轼。我欲登之苦无力，三步徘徊五太息。关长弓，射短蜮，吁嗟乎，短蜮跳梁亦莫测，三日自绝君子食。

我思首石爰陟其岑仙。一人兮弹瑶琴，御芝盖，调胎禽，授我丹砂一拌云，可煅炼黄金敕，仙童与玉女，俨罗列兮如林。左雕胡兮既饭，右沆瀣兮载斟，吁嗟乎，琴弦断绝，江水呜咽。

嗟嗟江水行寄江唯一

其一

嗟嗟江水徒汤汤，不如海水之洋洋。
吞纳白龙洞中泉，时有鲤鱼三尺强。
美人胡为隔钱塘，牛女万里遥相望。
嗟嗟江水徒汤汤。

其二

嗟嗟江水多狂风，冬来向北不向东。
挂帆鼓柁随丰隆，瀚海直与银河通。
瑶岛信美非吾宫，回望西竺心郁恫。
嗟嗟江水多狂风。

万寿无疆长句送陈海山寮长入贺

中天玉帛趋王会，万国梯航到海隅。

天保再摅删后雅，华胥应与梦中殊。
周宣汉武陈经纪，舜日尧天协典虞。
斗极光辉涵太液，南山突兀拥方壶。
上元侍女青鸾信，天道将军白玉符。
仙掌露盘仍袅袅，钧天广乐正呜呜。
六龙高驾旌旗绕，五凤新成鸟雀呼。
光并前星明两作，恩隆左辅奉三无。
河清几奏杨雄斌，露布交驰阮瑀图。
燕喜正钻楢树火，皇华遥借上方凫。
贾生才调虚宣室，季札风流轶上都。
忠鲠岂无金鉴在，赓酬未许卿云孤。
天颜定有无边喜，缄报江潭病渴夫。

齐云岩

振衣上绝巘，赤脚登天梯。丹崖翠壁入银汉，三十六天如可跻。下窥洞壑兮黑虎，上闻扶桑兮金鸡。传有眼精补脑之瑶草，生在千转百折之回溪。拜祈一茎献玉陛，愿我圣寿天与齐。真人默默坐不语，意谓使贱难耳提。青牛飞入云，白鹤变成霓。但见宫阙斑璘耀光怪，白玉为屑金为泥。空有冰壶满春酒，对此不饮心转迷。白日堕海底，芳草烟凄凄，桃花李花催鸟啼，深林杳杳怪马嘶。只愁明日重来不识路，与君同去仍栖栖。

七夕送赵征士

夜如何其夜未央，银河耿耿成玉梁。
万里灵匹相翱翔，会日何促别日长。
王孙此时归故乡，何不迟迟使我伤。
云山风楫溯流光，蒹葭沉漻摇沧浪。
天高气肃当雨霜，白雁南来黄菊芳。
鹍鸡啁哳天各方，薄寒冉冉侵衣裳。
我欲赠君无七襄，愿持北斗挹酒浆。

恤刑诗赠陆大理梦洲

天王握枢环宇康，敷布礼乐扬纪网。
画衣县象为民坊，上下合心媲虞唐。
弘仁逖虑溥且将，蠢讹昏椓殄我邦。
爰垂清问下土方，究度霽发施春阳。
曰陆大夫惟女良，建良秉节下维杨。
萃徒啴啴车彭彭，大夫意气真慨慷。
手持烛龙彻无疆，鳏寡无盖威富藏。
大俾不冤于与张，调翊化理时雨旸。
麒麟鸾凤交呈祥，归献本策报明光。
愿驰征役蠲逋粮。

张水部双寿诗

终南太乙神仙都，谁其居者妇与夫。

黄芦授得五采芝，恬愉虚静除浊粗。
女子汋约冰肌肤，嗽吸沆瀣持灵枢。
璇房瑶室云母车，批服雌霓摇琼琚。
珠林玉树夹道敷，苍龙白虎对伏趺。
逍遥历览殊吾吾，参驾白鹿游天衢。
暮宿员峤朝方壶，揽博六著对樗蒲。
玉女罗列吹笙竽，宓女相娥左右趋。
跪献玉斝挹醍醐，愿祝上寿金石俱。

答陆水部思庵

动风起兮回飚，明月皦兮如水，青萍彻兮夜号，怅好仭兮千里。芳草歇兮凄凄，愿疾骋兮霜蹄，被骕骦兮惏憭，侦扶桑兮金鸡。

赤壁送宪吾子归清平

葡萄美酒琥珀杯，云和调苦参差哀。
霓裳宛转中天台，丹丘斜倚层城隈。
主人胡为心生悲，振振君子归哉归。
暮春鶗鴂声正急，坐使百草无光辉。
青蝇青蝇止樊棘，白璧何罪成萋菲。
尧舜不慈复不孝，古来荣华多是非。
双兔坠地难雄雌，扑朔迷离心自知。
君怀薏苡深护特，何必同舍郎知之。
执手悢悢从此辞，鸿逵杳杳唯羽仪。

何以赠君幽兰操，何以再赠鸱鸮诗。

送子歌

白日皦皦兮飘风清，江水混混兮岸纡萦。送子涉此兮东南征，至楚徂越兮千里行。念子侍膝兮如影行，倏忽远迈兮烦忧生。气志虽壮兮年幼龄，酌酒诲赠兮式敬承。一汝愿兮身躯宁，再汝愿兮祛骄矜。三乃汝愿兮功名成，功名成兮骎国桢，归拜阶启兮吾心平。

中秋放歌行

君不见煎胶能续琴瑟弦，炼石能补东南天。铅华一去不复返，西飞白日东归泉。金朝蟋蟀泣阶下，昨日蝴蝶飞帘前。红颜白发倏变化，桑田沧海相推迁。呜呼，人生如石火，何用白玉斗、黄金钱，不如吞三精、服五石，凌风羽化求神仙。神仙渺茫不可求，横佩结绿骑紫骝，行尽天涯与海角，炊凋胡饭豊狐裘。明月高高白露下，且饮美酒消烦忧。

修庵子寄书至

滂滂雨雪北风凉，彤云黯惨昏复黄。
白马使者来何方，我友阻隔在江乡。
远寄锦字三五行，问我栖迟乐大康。
洋洋泌水妻姬姜，河鱼可食身应强。
再拜摄书置空床，庭除寂历神惨伤。

鏬博罗幔熙洞房，牙签锦轴摇明缸。
羁雌宛宛峙枯杨，银箭金壶漏水长。
愿托梦寐越关梁，烟波微渺涕琳琅。

别诗赠督学曹云山赴山东

崦嵫归云礼相射，望舒离离照江碧。
芦荻蒹葭互蔽亏，鸬鹚鸂鶒争辟易。
衮衣绣裳我所爱，摄齐舟琫将安适。
金膏滉瀁泛艨艟，赤壁巑岏送袯襫。
仆夫具存安可留，愿留远游之綦舄。
桑落斜倾琥珀桃，蘼芜细借龙须席。
云间好鸟鸣声悲，嗟我欲弹真可惜。
可惜人生不如鸟，来往双双未曾只。
谁吹羌笛破离愁，流水飞鸿亦何益？
睢睢盱上转烦痒，手把柯斧瞻龟绎。

下山歌[1]

秋霖新霁兮秋月明，揽执子袪兮偕同行，归鸟欲尽兮钟磬鸣，林峦蔽芾兮烟霏横，聊尔为乐兮何营营。

编者注：①该诗又名《集真观》。

鸟啼曲为史氏思亲作

城上鸟一乳凡几雏，一雏毛湿羽短，鸟先徂雏，啼夜夜声呜呜，不愁风雨来，不畏俦侣孤，念鸟已随云霰上天去，我纵绸缪桑土亦何用。衔水啄蚁，无以充朝晡，霜凄凄，月皎皎，鸟夜啼，啼彻晓。

别施水部

美人别我兮何所，乃在歌风之台、琉璃之井，络纬哀吟霜露寒，百尺阑干照清冷，不照人间离别心，但照人间别离影。别影有时灭，别心不可绝，君不见黄河经天日夜流，千秋万岁哪能竭。

画葡萄歌

嗟吁！珍果离骈阗兮远自苑，食历于阗兮枝润玄。雨沃根通泉兮匪附，匪挺抑而骞兮郁霭扶疏。间而或连兮迟勾蓦萌，不为福先兮舒卷有节。称时自权兮蚴蚪曲盘，龙蝬全兮离离。繁星丽次躔兮藻玉琇莹，前后邃延兮酝酿醍醐。味上玄兮行比夷惠，师法万年兮置范奥。奚啻阶堧兮写厥神疑，史巨然兮。

问启斋少参自贵州谪守广德赠楚词二首

其一

大火赫兮流赪霞，凋玉芝兮摧琼柯，君袯襶兮负戈祋，涉洞庭兮来牂牱，执予袪兮属予酒，慷慨极兮哀情多，初月出兮微风发，芳芰荷兮当奈何。

其二

殷其雷兮西山阴，屯云𩅦兮垂雨霖。纷㠣蝀兮恣淫毒，抚长剑兮愁人心。旌旗抗兮鞨辔结，怅离别兮弹鸣琴。黄鹄举兮媵左右，璆琅琅兮英球琳。

松声

净净淙淙赴涧谷，清泉百道飞晴虹。
大琴小琴列清庙，咿咿嘎嘎群奏功。
虞庭忽然凤凰下，间关百鸟皆朝宗。
百万戈铤互击撞，边烽直照甘泉宫。
出微渐巨转遒急，乍绝乍续争雌雄。
更无形影及踪迹，郁然深秀摇苍葱。
银河耿耿列斗宿，玉蟾皎洁悬高穹。
援琴写之寄远道，悠然天籁生青松。

赠黄子漫游

先生肮脏来向从，马江之西牛田东。
腰横耿耿双飞龙，摩挲海月扬天风。
骖驾雌霓骈雄虹，鞭笞列缺驱丰隆。
松乔为导随韩终，恒衡泰华无前踪。
揭来嵩少当天中，楼台十二清都通。

手执芙蓉朝紫宫，重华狠恻阵惜诵。
纯钩请戮三尸虫，萋菲噂沓胡为工。
呜呼夫子何憧憧，青蝇白璧原相攻。
伯夷盗跖俱懵懵，鸱夷浮江藏良弓。
淮阴伍胥曾何功，嗟哉蔗蓑逢蕴隆。
梁丽窒穴难为容，我亦折翅归氋氃。
朝朝目送双飞鸿，长江湛湛多青枫。
山中迟尔回征蓬。

梅花引

百花零落梅忽开，顿觉春风习习盈。
九垓瘦影孑立清，香来上有皎皎晖。
映之明月下有湜，湜浅水相沿洄纷。

吾爱此冰玉质，不受蜂蝶相疑猜，遂携杖，屡寝处于其下游，形影兮梦徘徊。噫吁嘻，吾久不到迎风之馆、却日之台，甚矣其衰，其真可哀。

饮饯牡丹花下因令中孚侄貌之有赠

君不见雕阑文砌木芍药，筵开灼灼光射人，
逡巡未罢即消铄。
汲汲美人何所之，停杯按曲试回首。
及令还是暮春时，不如貌取丹青手。
出入隈依襟袖中，不谢不凋常奈久。

赠景溪子

拔剑左右兮，送君千里游。清霜肃曾飔，荡漾江上舟。张帆鼓柁向何所，直欲行尽天南海北头。朝发金山渚，夕宿黄陵洲。中有失群孤雁避缯缴，天高月白鸣啾啾。嗟尔远客对此兴寤叹，起披骕骦登高丘。遥望不见招摇池馆客尚可，但见黄泥之阪十里迷松楸。白云皑皑难久留。

雪祷

手执芙蓉朝玉清，延和法驾逐天行。
三朝秉璧风应息，五夜登坛月倍明。
汾水远游惭武迹，桑林躬祷后汤诚。
谁言击壤忘知识，处处思文颂太平。

送陈夔州觐归

赤甲白盐高崔嵬，刺史归去声如雷。
虎节乌旆云雾合，兰舟桂楫波涛回。
讲德自应招俊刈，促程不信欺婴孩。
御堤杨柳漫愁思，无言把袂倾金罍。

登晴川阁

杳杳东山携榭妓，飘飘南楚醉庾楼。
浮云落日总何处，芳草晴川如昔游。

潦倒止吟青玉案，虚徐空负翠云裘。
牵牛织女傍银汉，终占荧荒何所求。

翠微堂宴集适宪长双南公浙辖报至怅然作

凤凰山上跻黄鹤，鹦鹉洲前醉碧桃。
白雪幽兰弹绿绮，冲星截水解豪曹。
山川别路思千里，罗绮晴骄惜二毛。
遮莫辛殷吴海阔，不堪惆怅楚天高。

赠郭将军

校尉旌旗飞瀚海，骠姚车骑出燕山。
但看胡额燕颌者，肯放单轮匹马还。
旅贲殷辚三千队，云锦奔腾十二闲。
坐拥钩陈扶紫极，何须生羡玉门关。

溠水别刘京兆三川公

春郊草碧水绿波，忍攀桃李伤如何。
木兰寺回露华薄，铁锁潭空月色多。
龙马银鞍长路恨，芙蓉芍药醉时歌。
凭将溠口黄金鲤，时报钟陵白玉珂。

送曹大行卫松还京

三尺阶前如万里，九重殿上即层霄。
森罗宓妃与玉女，缥缈霓裳间六幺。
鸿雁峰回衡岳远，梦鬼波隔洞庭遥。
南浦凄其瞻畅毂，北辰迢递转招摇。

阅兵呈督抚华源徐公

江汉汤汤自西闻，万邦为宪武兼文。
方城汉水自天险，封豕长蛇无楚氛。
旌旗掩映枭鸣纛，骑射崩腾鹘入云。
但使丈人同我马，肯教车毂鸣吾君。

樊山别张立庵郡守

拜郊坛墠连云泽，啸月楼台接汨罗。
江涨悠悠千古恨，宾筵秩秩四时歌。
湘娥空自啼斑竹，山鬼犹疑带女萝。
逸兴霸图俱已矣，怀乡去国总如何。

赠徐生梦云

偃仰栖迟天外客，飞扬跋扈云中君。
骅骝独先万人敌，雕鹗孤骞百岛群。
绵蕞纵横酬礼乐，韦编断续诵丘坟。

马乡已就河东赋，狗监能令极北闻。

送鲁子入汴

迢遥忽动三川兴，摇曳随瞻八月槎。
霭霭开门通紫气，溶溶汴月浸金华。
凭将燕市悲歌筑，为访夷门处士家。
遮莫龙津扬锦幔，哪堪雉堞隐霜笳。

别松江陈节推

神君盛有经纶策，元宰深怀社稷忧。
今日仳离须借寇，古来厚重可安刘。
虎貔北向云中吼，蝪螋东来水上游。
衰草荒原赠君别，凭轩拔鞘出吴钩。

订九日约与诸友

我马载怀悲仆夫，十年踪迹滞江湖。
自是杜曲一男子，不负高阳旧酒徒。
宛转四愁若抗坠，凭陵五白成枭庐。
佩萸聊尔共餐菊，鹊印何缘及虎符。

是日值风雨再用韵速同游

骍骍靡及旧征夫，喜逐鸱夷泛五湖。

伏雨阑风皆乐事，啼猿唳鹤尽吾徒。
杳冥澒洞移仙引，顿挫流漓舞湛庐。
不有题诗同谢眺，空令着论老王符。

宴集喜晴再用韵

忧君恋国老潜夫，忍向清时乞鉴湖。
西汉中兴谁我舍，东周欲召岂终徒。
研索典坟师后郑，品题风月愧前庐。
且餐霁日灵均菊，何事阴谋鬼谷符。

介石兄邀游扬坞阻病不赴

疏附曾趋金雀阙，登临久负鹡鸰原。
曷来黄花空有约，病我绿蚁难开樽。
瑟瑟高飙木叶脱，辉辉初霁江波浑。
凄凉南巘鹤猿怨，辛苦西陵洲渚言。

用韵答九日促饮之作

中天空翠积崔巍，散博藏钩莫浪猜。
古寺白莲三逸笑，小山丛桂八公来。
归鸦雉堞高飙急，落叶龙潭密雨催。
授简独惭滕阁赋，登高谁继建安才。

酬二江贤叔侄郊宴之作

玉勒金霸油碧车，悔游海角与天涯。
柴桑有菊待陶令，云梦无田赐景差。
纵酒狂歌回斗柄，科头箕踞老年华。
喜从二阮乘时令，谛看凫鹭傍落霞。

答钟宁国侍山

金飙猎猎摧松柏，玉露瀼瀼凋梧桐。
空怜壮心久伏枥，已惭衰鬓双飞蓬。
茅屋清池烹枉鲤，苍山白水悲征鸿。
遥忆玄晖对澄练，焉得宗悫乘长风。

瑞香为雪所压以竹支之用陈征士韵

六花三日飞弥漫，千株百卉愁摧残。
为籍斋桓扶弱小，须知谢傅惜芝兰。
岭表依依含馥郁，渭川日日报平安。
小山新甫多珍干，安得神灵护所欢。

赠戴春元储阳

碧水丹山道路长，神情遥入五云乡。
松桂清风秋黯黯，蒹葭白露晓苍苍。
羊泽故人亲帝座，龙图老子辟天章。

安得山阴青雀舫，共传河朔紫霞觞。

鲤鱼

绵蛮鸟鸣柳花毕，白鱼跳梁水面出。
扬帆荡漾鸣两榔，冲风卷沙障残日。

凯歌赠夏统制从赵司空平倭兼呈徐统制五首

其一

虞廷干羽付司空，破虏先收第一功。
湛庐出匣鬼神哭，连弩射波烟水通。

其二

毛葫芦与楼烦比，金仆姑看震泽空。
不占鸡骨风先正，坐腼羊脾日自红。

其三

南洋已扫龙蛇窟，北塞曾摧虎豹群。
柞浦尸应筑京观，三江哭义有郎君。

其四

楼船飞渡黄河岸，铜柱高标青海头。
谁谓廉颇仅能饮，须知李广合封侯。

其五

橐弓卧鼓轻车回，炰鳖脍鲤飞金杯。
侯谁在者徐世勣，麒麟阁上影徘徊。

督抚羽泉刘公平寇凯歌十首

其一

太平天子重敷文，干羽时兼节钺分。
戈戟钱塘照涛雪，旌旗凤岭拂松云。

其二

金城方略竟如何，沧海鲵鲸自不波。
士女荆州庆陶侃，韬钤赵国望廉颇。

其三

太公原赐东西屦，驭吏仍探赤白囊。
坐秉烛龙穷蔀屋，行施时雨慰壶浆。

其四

施张幄内千钧弩，舒卷胸中十万兵。
聊向钩陈分月羽，顿令孤篋扫欃枪。

其五

闻道荆蛮陋莒城，赫然投袂未遑宁。
洛阳将帅九天下，江汉肖徒六月行。

其六

水旱频年厌草莱，肯将飞挽重焊焞。
泛舟自由汾河役，流马遥从蜀道来。

其七

草木欣欣春自私，一方天沃羡无知。
谁云斩将搴旗日，不在埋胔掩骼时。

其八

秋霜号令无千戮，夜雪城池已奏功。
须知镇节唯韩在，更识君心与度同。

其九

衮衣为问东山役，破竹功成一日旋。
金印累累悬肘后，彤弓矫矫锡筵前。

其十

寇仇讵敢贻君父，克捷还应示子孙。
千载岘山碑泪在，八门鱼腹阵云屯。

喜雨杂谣　感时政作

其一

望舒昨夜离金虎，白豕崇朝众涉波。
霡霂忽足四郊雨，丰年稌黍定如何。

其二

江东炊米真如玉，识价唯应王椽痴。
而今东阁无人启，赖得玄冥恤我私。

其三

大雨如珠小如雾，梦兆臻臻众若鱼。
一雨三日九农喜，翳谁功力归太虚。

其四

不信商羊久遁藏，化为萍实助天殃。
累累如斗赤如日，来往长江仵楚王。
时有作忧旱诗者，漫以适萍实□□。

其五

忆昔其航发政先，愚忠恳恻重颠连。
徒行乞得白龙雨，随驾何如黑泪渊。

作者注： 长率古吴航地予旧为之令。

其六

昔寻故事白云楼[①]，水旱荣雩即虑囚。
勤民自是天王意，东海年来亦有秋。

作者注： ①刑部有白云楼。

其七

朝来喜对庭前树，柯叶如此何旱为。
征催不用停鞭朴，寡妇家家拾樨遗。

其八

纷纷蜂虿敢横行，缓带轻裘一举平。
苍生真赖谢安石，长挽天河洗甲兵[1]。

作者注：①时适刘羽泉平贼。

其九

谁言城郭乱于兔，落日张皇尽畏途。
欧窭满篝谷穰穰，从今五夜不催租。

其十

解绶归来共计疏，南山耕稼灌畦蔬。
新秋祝得濯枝雨，斗酒徐斟赋遂初。

集真观访友

天风有影飞黄鹤，松径无风扫白云。
直向主人石床卧，寒鸦落叶乱纷纷。

岭南曲送别八首

其一

标梅纂纂柳掺掺，淋漓细雨忧心惔。
两马相逐君马急，扬鞭直向大庾南。

其二

久谢玄曛辞赤绂，逝随仙尉逐行云。
璇台瑶室七十二，昂昂野鹤出鸡群。

其三

抱鼓铙铎久不哗，夕春五丈休晚衙。
金牛峡畔寻钟乳，白鹤山头采石华。

其四

沙棠之舟木兰枻，灵海直与银河通。
扬帆鼓柁重回音，聚窟山前避飓风。

其五

甘邦宝王古所怜，惠鲜鳏寡仁政先。
科头村女输蕉布，赤脚黎童种石田。

其六

腰镰细刈苍龙须，识成莞簟频寄远。
辗转反侧不成眠，我心匪石不可卷。

其七

谁道衡南雁不来，朝朝三陟越王台。
钱塘江口通潮水，尺素双鱼手自开。

其八

合浦虽多照乘珠，不及樊圃红豆枝。
愿君佩取比明月，寻常三五倍相思。

送客之临清

西高峰前远征客，远道逶迤忆今昔。
淮海秋经雾露深，鄱湖挠出波涛白。

宫怨用韵八首

其一

徒倚彤庭抚翠襜，金盘羞御水晶盐。
曷来梦入华胥里，鸳枕龙须却自嫌。

其二

银箭金壶午漏添，女童闲看柳花拈。
不断啼莺声袅袅，乍窥舞燕影襜襜。

其三

绿树交加未觉炎，薄罗初试露华沾。
何处云和奏琴瑟，昭阳夜月饮厌厌。

其四

永巷沉沉四顾瞻，影娥池水漾珠帘。

只持团扇惊霜薄，不道香醪似蜜甜。

其五

不分新人比素缣，秦云楚水万山尖。
闻道如来能寿国，蔷薇露盥诵楞严。

其六

间屏列屋斗秾纤，五日为期尚未詹。
不值秋风悲宋玉，已过春草别江淹。

其七

趋班随例学谦谦，歌罢菱莲卷縠绨。
明月去随青轮舫，熏风归送碧霞幨。

其八

安石榴开映碧檐，低头曲指数乌蟾。
恍疑王节传鸾信，错把金钗比凤占。

阻风和孙宪吾兵宪

其一

灌木黄鸟翩翩，孤洲雎鸠关关。
搴芳共眺巑岏，击汰聊弄潺湲。

其二

纷齐吴榜同行，惊风倏起飘零。

君在江南似梗，我居江北如萍。

其三

冥冥阑风伏雨，思我好仞不已。
挥弦目送双鸿，垂纶手携孤鲤。

其四

芳洲蘼芜青青，五緉颠危未宁。
斟酌黄流取醉，念我独兮惺惺。

其五

鲂鲤鳣鲔鲅鲅，鼋鼍蛟龙出没。
知君畏怯精灵，欲赠青萍水阔。

其六

夷犹欲往褰裳，驱石焉得成梁。
湘娥独翳鸾凤，宓妃谁并鸳鸯。

其七

拘株块尔幽寻，沧浪忽听高吟。
巢父洗牛河口，渔翁拿策缁林。

其八

韩子空讼风伯，贾生枉戮云师。
瞬息日出果果，苍梧勿向陈词。

责冯妇词

冯妇前，受吾责。大江南，多虎厄。帝玉符，刺汝扼。汝何心，子厥贼。恣饕餮，纵残慝。汝未来，尚诉诉。既来斯，肆哑哑。砺铜牙，奋铁额。彗尾掉，镜皆圻。呼朋俦，偏山泽。若韭薙，噬牂特。遐迩氓，丧营魄。书夜行，绝阡陌。汝知之，合凄恻。汝弗知，亦愆忒。上帝命，将安塞。忍驱车，泰山侧。

大圣乐

菡萏窥红，菖蒲饱绿，龙麝香浮。看尽梁，双燕呢喃，小鱼吹浪尽帘，冰簟通幽。便乘兴巾车命仆，携诗伴，玩月水东楼。龙花骄柳，吹笙挟瑟，投博寻钩。

这乐尘凡怎解，驾一叶，天南海北头。想烟波独倚，骑鲸危榭，瘗鹤孤洲。江淹缘浅，宋玉悲多，争得如丁令浮丘。休传与，恐增愁黯别，空赋清秋。

玉女摇仙佩·咏海棠

莺俦燕侣，对对双双，日逐庭除来去。辜负光阴，阑风伏雨，落尽秾桃繁李。向城隈深处，忽见海棠花，傍人欲语。细看来，百媚千娇，动人春色一点足矣。真是古人云，酒唇晕脸，肉纱映里。便欲移衾就枕，同效于飞，恨非姚黄魏紫。一簇芳心，临风三嗅，暗把衷情侍与，且饮盈樽醑。纵千种百斛，等闲难醉。又不觉，红日西沉，高烧银烛，直放教夜深方睡，更看取宿酲初起。

临江仙

杜鹃啼罢春晖歇，绿烟低映垂杨，碧阑干外驻游缰，苍洲沉夜月，芳草怨斜阳。

临水登山随杖屦，壶天几醉琼浆，暖沙交颈宿鸳鸯，情疑游洛浦，梦已入高唐。

浣溪沙

镜水如天桂魄明，薄罗纤縠悄寒轻，小楼连苑出东城。

细碾龙团消酒渴，双鸣凤吹遏云行，玉阶执袂望三星。

锦缠道

凯风啼鸯，犹是醉游时节。桐叶长、荼蘼花歇。满园芳草飞蝴蝶，尽过邻家，问春光怎别。

共散步披襟，丸弄明月。浸清光、碧潭澄澈。折杨柳、殷勤随水向。烂柯深处，道山阴再雪。

踏莎行·送别

交恰莺声，差池燕羽，白龙洞口黄梅雨，道旁双堠向西行，一樽酒尽情千缕。

庾岭云间，岁浮月午，烟波浩渺轻摇橹，千林若锦荔枝红，相思为寄潮阳浒。

捣练子

月皎皎，树阴阴，络纬金井乍惊心，有约不来更漏永，银缸独对白头吟。

八声甘州·重阳用东坡韵

向龙潭风顶醉归来，不醉莫言归。正斜风细雨，接离倒映，林外陈晖。凭仗拦街儿女，休笑是和非，道先生来也，兀自忘机。

记得当年携手，有宝仪翠袖，散逐烟霏。看几行宾雁，归燕已应稀。况东篱，金英载采，好临风，相赏莫相违，问提壶，牛山何事，相对沾衣。

八声甘州·秋夜步月再用前韵

共厌厌夜饮自何来，沉醉竟忘归。听速钟暗送，金风玉露，皓魄澄晖，自觉归来生计，今是昨还非，猿鹤千何事，枉探玄机。

更有眼前乐事，剩茝兰钏珥，璀璨氛霏。望银河牛女，落落似应稀。高阳伴，千金万寿，愿年年，此日莫相违，再休提，熊罴载猎，妻子牵衣。

方逢时（1523—1596）：字行之，号金湖。嘉鱼（今属湖北咸宁市）人，明嘉靖二十年（1541）进士，著有《大隐楼集》。

望西峰寺雨不果游

遥忆山中寺，云峰几曲深。
跻攀浑未已，风雨忽相侵。
涉涧虚惊鹿，穿林漫听禽。
寄言观寂者，应得未来心。

遇雨小憩龙岩寺

径危悬鸟道，寺古记龙岩。
兜率云生栋，摩尼雨浥衫。
菩提无瑞叶，舍利有空函。
回首阎浮界，荒凉暮景衔。

作者注：寺甚荒。

游西峰寺

驻节来山寺，行歌傍水村。
石林明法象，金界接邱樊。
树老见空色，鸟啼闻妙言。
谛观无住著，回向即真缘。

童佩（1523—1576）：字子鸣，衢州龙游人，著名藏书家，著有《童子鸣集》，入《四库全书》存目。

题梁公诰后

湖南使君郡斋同观唐神龙元年魏知古告身作歌呈使君因寄，王二牧书。

白麻赤五小史将，高斋试展竹满墙。
南风吹客白衿凉，青山入帘秋水香。
枯泉坠石流泉傍，墨光恰似浮玄浆。
房州皇帝重造唐，到今甲子经千霜。
毛锥竹简书春王，山川几崩梁几亡。
人椿要非金玉相，若为造物同灵长。
河迁洛徙靡有常，鼠肝螳臂诚毫芒。
当年南窜来吾乡，江水千折波汤汤。
天吴望之为退藏，灵物信有神可防。
昨来携过双石堂，古人颜色射屋梁。
仿佛座上神龙翔，使君谛观良欲狂。
命余摇笔余何当，君也才高气复昌。
豪吟珠子盘琳琅，宛若岐山鸣凤凰。
羽毛片片俱文章，石鼓千古力独扛。
空林鸟喙还谁张，海上吾曹几雁行。
把之笑指吴金阊，王询旧是校书郎。
归来筑舍书满床，散发如箪欹沧浪。
斋头贝叶年年黄，有时系马李公房。
千人不倚芙蓉幡，双眸如水云苍苍。

可能坐视赤电光，青天白练东南方。

归来病足又病肓，眠食为之半废，然时时作念使君，夜每梦上石桥，又或在有竹亭子耳，不敢佞观。唐诰歌作辍凡五牛笔终不能可人，具草求正，傥公已先介，幸随授我。万历甲戌年秋七月二十四日佩再百拜。

湖南使君衢太守韩公邦宪也，二牧二府王公也，童佩者，龙游隐士梓山先生也。

编者注：摘自傥溪《魏氏宗谱》。

郭谏臣（1524—1580）：字子忠，号方泉，更号鲲溟，苏州府长洲（今属江苏苏州市）人，明嘉靖四十一年（1562）进士，著有《郭鲲溟集》。

衢州道中

侵晨鼓棹发三衢，南去常山百里余。
坐引清风生枕簟，闲消白日在图书。
山桥旆飐催沽酒，蘋渚舟来唤买鱼。
漫说宦游多胜赏，倦游今已类相如。

自常山抵玉山途中作

乱山青四合，江浙路中分。
草露沾香径，松风扫白云。

遥趋南赣檄，深愧北山文。

士女道旁立，相看旧使君。

王世贞（1526—1590）：字元美，号凤洲，江苏太仓人，明嘉靖二十六年（1547）进士，著有《弇州山人四部稿》《弇山堂别集》等。

白龙洞

春雷地底发，匹练空中飞。

毋劳久行雨，解旱便应归。

游朴（1526—1599）：字太初，号少涧，福建柘洋（今属福建武夷山市）人，明万历二年（1574）进士，著有《游参知文集》。

常山解舟时詹浚源自广信移刺松江招饮塔山索赠言即席口占

一麾北转向云间，两道朱幡照水殷。

天入泖湖光万顷，月明青浦鉴千山。

朝端旧识鸠曹峻，郡阁今看凤鸟还。

潦倒一樽萍散后，何年霄汉听鸣环。

李贽（1527—1602）：字宏甫，号卓吾，福建泉州人，明嘉靖三十一年（1552）举人，著有《焚书》《藏书》等。

哭陆仲鹤[①]

岁岁年年但寄书，草萍消息竟何如？

巨卿木解山阳梦，垂老那堪策素车！

编者注：①陆万垓，字无畦，号仲鹤，隆庆戊辰进士。

骆问礼（1527—1608）：字子本，号缵亭，浙江诸暨人，明嘉靖四十四年（1565）进士，秉性刚方，行止高洁；遇事敢言，不避权贵，著有《万一楼集》。

常山得乡试录有感

世情不染是东风，披拂春光到处浓。

蜂蝶无心任飘荡，翩翻却向百花丛。

草萍驿次韵

荒村古驿叹郎当，斜日残云曳短航。

万事古今谁逆定，百年天地我偏忙。

梦魂入幻归秦望，剑气凌空拂点苍。

山海半生踪迹遍，愧无分寸上明堂。

至衢

日出水犹烟，霞流见碧天。
村舂轮瀑湔，市酤旆飙旋。
郭近人闲问，舟停仆宴眠。
通津纷去住，谁辨执舆贤。

三衢道中

倚马秋堪掬，邮亭酒一樽。
芙蕖红映日，橘柚绿连云。
水曲频经渡，原平不辨村。
乡关明日尽，回首一消魂。

九月草萍俞山人园中赏牡丹

已是重阳后，春花放几枝。
人皆夸异种，我肯叹非时。
始著凌霜操，终含浥露姿。
山翁勤爱惜，留荐漫游卮。

《琴鹤涵春图》为三衢龚徐二生题赠陈振唐司徒

道上行，囊琴挈鹤山花明。
纵然万里足冰雪，轻担瘦影梅枝清。
堂上坐，琴鸣鹤舞门常锁。

阳和不特逐东风，碧树红芳时万朵。
风流今古谁与京，当年入蜀三衢英。
声名落落垂宇宙，仰高竞与图丹青。
好丑随人指，标格还谁果能似。
画虎由来不噬人，学惠惟称鲁男子。
山高高兮水潜潜，衢城自古多真材。
昔贤已从此中出，今贤还向城中来。
登科筮仕官同秩，政先简易奚多术。
鹤无形兮琴无声，春意满涵千古一。
春涵一郡歌时雍，春流四海熙无踪。
春行共卧司徒辙，目送琴鹤心忡忡。
就中二生尤激烈，仿模行色标高节。
阳春不与琴鹤俱，更看和风来魏阙。

董传策（？—1579）：字原汉，号幼海，明嘉靖二十九年（1550）进士，授刑部主事，著有《采薇集》《幽贞集》《奇游漫记》等。

登常山塔

浮屠层级驾长空，越峤吴山一望中。
虹断石梁翻树霭，风盘秋磴带江蒙。
诸天缥缈离尘界，万有依稀净法宫。
振羽却疑凌物表，虚襟惟复倚崆峒。

常山得子仪江西诗次韵

秋水茫茫各一天，眼中时序忽推迁。
那堪乌鹊南飞越，又见苍鹰北向燕。
千里沧州谁独往，百年山岳此多贤。
壮心漂泊成何事，且共清风一洒然。

草萍雨

竹肩登顿午风轻，山径羊肠历草萍。
夹谷鸟从云外度，斜村人向树中行。
乍迷烟雾盈郊白，旋点潺溪满眼清。
尘路漫漫堪解悟，区寰何处学长生。

王世懋（1536—1588）：字敬美，号麟州，明代苏州府太仓人，明嘉靖年间进士，著有《王奉常集》等。

常山道中即事题草萍驿壁

修途岁一上，一上一回迷。
立马惊频渡，回车问绝蹊。
山平知邑近，川暝觉云低。
为有群儿约，遥遥更岭西。

陈经邦（1537—1616）：字公望，号肃庵，福建莆田人，明嘉靖四十四年（1565）进士，累官至礼部尚书兼大学士，著有《西岩集》《陈尚书疏议》等。

超霞台二首

其一

雅尚遗朱绂，幽居构翠屏。
松深元亮径，花满子云亭。
意气凌千古，文章记六经。
久知怀大业，汗简几时青。

其二

招摇游别馆，突兀上仙台。
霞色低侵幌，山光近入怀。
林高暑气辟，地绝野怀开。
徒倚须移日，明朝首重回。

帅机（1537—1595）：字惟审，号谦斋，临川（今属江西抚州市）人，有《阳秋馆集》存世。

常山

常山理策望江城，风水无愁可计程。
首夏犹欣非畏景，一官自免遂初情。

山多随处流莺啭，草软微行病足轻。
日近故乡辞帝里，著书兼欲事长生。

次常山徐氏园池

游君芳苑里，物色总宜人。
卷幔冷风入，鉴池明月新。
江已离罗刹，园仍主树神。
风流能泛爱，时一醉嘉宾。

至常山登舟述怀四首（缺一）

其一

怀禄解兰绂，棹歌复发船。
轻云笼薄日，渌水泛春烟。
戏鸟遵澜渚，垂杨荫道边。
江山如往昔，头白正堪怜。

其二

童年曾适越，感往思凄然。
抚镜徒嗟老，持茧莫问天。
莺花纷悦媚，云日照清涟。
本自悼迁斥，犹欣幅壤连。

其三

三衢初入越，解缆值春深。
拙宦一生蹇，辞家百虑侵。
纡金褫旧物，解薜负初心。
游览平生兴，未应叹陆沉。

次常山地主徐文奎馆饩之厚爱其园池之胜聊赋四首

其一

庄馗虽混迹，霞肆隔尘寰。
黄鸟丛林弄，秾花满目斑。
山川遥入户，风月并无关。
仿佛羲皇世，恬翰得大还。

其二

游君芳苑里，物色总迷人。
卷幔泠风入，鉴池明月新。
业已离罗刹，心兼主众神。
风流能泛爱，下榻必嘉宾。

其三

怀乡娱仲圃，临眺思依依。
赤日澄清沼，红尘隔翠微。
祝融无窃据，颛顼定忘归。

令子工文墨，双莲发瑞机。

其四

陆沉捐物务，闲旷爱吾庐。
花坞一壶酒，瑶窗数卷书。
扬舲歌单缓，辟牖卧容与。
好客能延隗，定交倾盖初。

张元忭（1538—1588）：字子荩，浙江绍兴人，明隆庆五年（1571）状元，先后官翰林院修撰、左谕德兼翰林侍读。

过草萍题余叟卷二首

其一

尘世悠悠尽草萍，故人相迓眼偏青。
小楼依旧环苍翠，二十年来此再经。

其二

汉使初回万里槎，白云遥指是吾家。
江山漫说他乡好，且及春风向若耶。

冯时可：生卒年不详，字敏卿，号元成，松江华亭（今属上海）人，明隆庆五年（1571）进士，官至贵州布政司参政，著有《上池杂识》《雨航杂录》等。

常山道中遇雨

东山咏零雨，感彼归涂事。今兹赋愁霖，行役我伊始。
□□业不堪，滂沱未由止。崭崭石弥高，油油云未已。
我车淖方掀，我仆颠莫起。蜎蜎蠋蒸桑，肃肃鸨集枳。
苦哉远征人，重山复重水。

陈第（1541—1617）：字季立，号一斋，晚号温麻山农，福建连江（今属福建福州市）人，明代名将、古音韵学家、旅行家，生平著述汇编为《一斋集》等。

常山别戚南塘[1]都护归宿玉山有作

怀玉溪头月色新，秋风送别复归闽。
乾坤事业孤臣泪，南北离情老客身。
回首冥鸿天外远，论心芳草梦中频。
何人白首能如故，飘笠相从泗水滨。

编者注：①戚南塘，即指戚继光，山东人。

饶与龄（1543—1595）：明万历年间进士，著有《新矶题咏》《松林漫谈》《椿桂集》等。

陆行过草萍驿五言绝句二首

其一

雨湿狐裘逗，鞭扬马足忙。
亦知暖阁好，帝里旅怀长。

其二

款语途中绪，联镳雪里山。
乡关何处是，回首泪痕斑。

常山阻雪时有送席馔至而无酒舟中戏笔

荏苒经旬雪再飘，白驹暂系永今朝。
青州从事徒劳我，乌有先生不下口。
老足冻冰长缩缩，蓬头拨烬祇萧萧。
空余一点葵心赤，万里天门向帝尧。

潘纬：生卒年不详，字仲文，一字象安，安徽歙县人，幼即能诗，工隶书，明万历中入赀为武英殿中书舍人，有《潘象安诗集》。

送徐汝抟还三衢

怜君遽为别，风色敝裘寒。
郭外关河远，樽前岁腊残。
人归姑蔑国，帆过子陵滩。
夹岸梅花发，相思好奈看。

李培：生卒年不详，字培之，秀水（今属浙江嘉兴市）人，著有《水西集》。

常山发家书

何处是虔南，舟行溯逆湍。
乡心归梦切，宦况世途艰。
山翠落篷底，滩声彻枕边。
计程将半月，方得到常山。

王士性（1547—1598）：字恒叔，号太初，浙江临海人，明万历五年（1577）进士，官至南京鸿胪寺正卿，著有《五岳游草》《广游志》《广志绎》等。

老子祠詹牧甫[1]次东坡韵，因续之

令尹何当便扫门，须知两足自称尊。
五千道德先天地，信宿蘧庐斉子孙。
已信青牛归绝塞，依然紫气满芳村。
吏情最爱关门隐，又道山川近陆浑。

编者注：①詹牧甫，即詹思谦。

汤显祖（1550—1616）：字义仍，号海若、若士、清远道人，临川（今属江西抚州市）人，戏曲家、文学家，著有《玉茗堂集》《牡丹亭》等。

送詹参知[1]督饷思归常山

风土无睽旷，交知常阻修。
自我为兄弟，兴言二十秋。
何况常玉山，壤接枝相樛。
平昌昔伤锦，出入在龙丘。
徒申式闾敬，未果倾盖投。
忽忽来豫章，我靓如旧游。
荣落固以远，颜发亦何遒？

五十慕慈母，语及涕不收。
知君孝义人，所至笃以柔。
于役事军国，红粟常千艘。
星言及春波，宾御争献酬。
中江出阳乌，于淮悠归舟。
纪纲在维楫，润泽宜安流。
旨哉君子言，世物繄所求。
出身苦疲病，雅意良优游。
时勤损益叹，略与乾坤筹。
同人或语嘿，未济难乐忧。
谅随詹尹卜，灵均安所谋。

编者注：①摘自徐朔方笺校《汤显祖全集》卷十五第六三八页。
詹参知即詹在泮，其与汤显祖为同年进士。

送杨太医常山

倦游心迹自悲伤，耆旧相过语兴长。
傲吏久忘苍岭路，仙家仍住玉龙乡。
三秋采艾思盈掬，五月浮蒲客在堂。
欢食几时那便去，肯怜衰病一留方。

编者注：摘自徐朔方笺校《汤显祖全集》卷十七第七五四页。

得信州高寿丞寄元舒哭儿书

其一

去来吴越几经过，相国名园春恨多。

便作再游君在否，可怜蒲稗浴鸥波。

其二

君哭孩儿解索环，阿舒都不在人间。
旧作寄来堪掩涕，十年心事到常山。

作者注：是时元舒亡久矣。

胡应麟（1551—1602）：字元瑞，别号少室山人，浙江兰溪人，著有《诗薮》《四部正讹》等。

题赵太常山居四绝

其一・眠云洞

叠岭层崖落照悬，桃花万朵浴飞泉。
玄关尽日封云气，一任群羊化石眠。

其二・凌翠楼

杰构中天翠欲流，罡风回合乱云愁。
何当八翼凌空去，长啸三山十二楼。

其三・薜荔园

流水柴门白兔宫，一区晴锁万山中。
成功会著荷衣返，入梦休猜蕙帐空。

其四・绿荫池

千绿萧森映夹池，此君长日对支颐。
泠然诗思清神骨，何似山阴夜泛时。

秋日溪南晚眺适赵生携酒共酌村店中

行行随杖履，徒倚夕阳斜。
野寺明枫叶，山篱著豆花。
飞鸥过浅濑，浴鹭上浮查。
之子期方到，悠然问酒家。

方应选：生卒年不详，字众甫，别号明斋，华亭（今属上海）人，明万历十一年（1583）进士，文章政事，卓绝一时，著有《方众甫集》。

送唐曾城令常山

金城声价复谁雄，籍甚君才代偶同。
其喜客尊停朔雪，忽看仙舄拥春风。
柳攀潞水桥边绿，花忆河阳县里红。
指日政成夸制锦，江南杼柚未应空。

张萱（1553—1636）：字孟奇，号九岳，别号西园，博罗（今属广东惠州市）人，著名目录学家、藏书家、书法家。

自葛阳驰广济驿轺中即事

其一

山城雾散促晨装，晓日新晴野草芳。
最喜褰帏看不尽，麦苗青处菜花黄。

其二

去年共说是丰年，水碓矶头缆米船。
一斗几文口子白，腰间能否纳官钱。

其三

春溪绕屋碧如油，短竹疏篱白日幽。
少女竹间呼母彘，老农溪畔饮童牛。

其四

沙溪荒铺近炉峰，七载重来觅旧踪。
可是馆人亦相忆，留题不遣壁尘封。

其五

门前新柳似人长，贴贴青帘驿路傍。
竹屋垆头照木客，泼醅春酒正堪尝。

其六

临溪白板两三家，暖日松篁覆浅沙。
汲妇入林佯避客，桃花斜插鬓如鸦。

其七

柴门傍水是通津，夜理渔蓑昼卖薪。
晚市醉归逢鼓吹，笑携稚子看官人。

其八

新成茅屋憩轮蹄，种得山桑叶未齐。
搔背负暄樊圃侧，白头老子牧黄鸡。

其九

生计年来喜渐多，旋栽乌桕旋婆娑。
担头新蜡浑如雪，卖与朱门照绮罗。

其十

落日危桥客过稀，梳翎水鸟立渔矶。
何来笳鼓喧腾甚，惊起双双背客飞。

自广济至瀫水舟中即事

其一

广济驿前春水生，鸣笳击鼓声喤喤。
南风日勍布帆饱，水急滩多莫浪行。

其二

驱车长苦雨淋铃，独漉歌残不忍听。
却喜开帆风日好，一川晴色柳青青。

其三

斜阳渡口石塘街，估客安流放木箄。
买得春醪醉明月，斧声不断夜篱柴。

其四

衢州城子枕江干，粉堞参差照水寒。
绿鬓彤幨乘五马，逢人尽说是清官①。

作者注：①太守张七泽也。

其五

高低影水竹遮楼，楼外垂杨系客舟。
两岸长青千树橘，家家应作富民侯。

其六

西安东去是龙游，春涨江平却肯流。
春月一船浑似昼，竹枝高唱橹声柔。

其七

帆前春水泻琉璃，桂若香浮日暖时。
为语鱼儿莫吹浪，前滩今已放鸬鹚。

其八

横山山下水汤汤，驻楫乘春问国香。
春服将成须杂佩，年来幽谷几枝芳。

其九

捩柁从流风正便，船头叉手坐长年。
推窗尽放青山入，无数芙蓉镜里悬。

其十

峭帆斜日挂危樯，叠鼓呼风亦太忙。
却听舟人话潮信，欲乘新月泛钱塘。

陈邦瞻（1557—1623）：字德远，江西高安人，明万历二十六年（1598）进士，史学家，有《荷华山房诗稿》。

过草萍江浙之界

两地关河望总长，楚云越树并苍茫。
宦游独喜仍将母，歧路那能不忆乡。
意气凭谁矜揽辔，风流端目减为郎。
更须穷遍东南美，彩笔仍生画省香。

何乔远（1558—1631）：字稚孝，号匪莪，晚号镜山，福建晋江人，方志史学家，著有《镜山全集》。

入浙

已穷闽岭豫章路，又过常山浙水重。
怀玉道人方作别，烂柯仙子复相逢。
高松密筱中穿径，细雨层云速送峰。
白发趋朝仍蓐食，宦情诗兴两谁浓。

草萍驿和孙忠烈韵二首

其一

溪声山色两相当，拟办青钱雇去航。
蓑服一辞抛我贵，华绅初被逐人忙。
老怀王驭偏轻险，愁思墨丝易化苍。
未识葵诚常向日，果堪持此报朝堂。

其二

余姚忠烈气难当，新建提俘罢战航。
国步一时生气象，人心从此不匆忙。
浮生来往秋萍绿，周道年华野草苍。
壁上两贤诗句在，乾坤牛斗射堂堂。

叶向高（1559—1627）：字进卿，号台山，福清（今属福建福州市）人，明万历十一年（1583）进士，累官至礼部尚书兼东阁大学士，著有《苍霞余草》等。

白龙洞

路近家山思转幽，喜逢关尹暂淹留。
虚亭有客携樽至，深洞何人秉烛游。
碧汉泄流声不断，白龙吹雨气常浮。
须知寒谷阳回日，好霈甘霖遍九州。

徐熥（1561—1599）：字惟和，别字调侯，福建闽侯县人，藏书家，明万历十六年（1588）举人，著有《幔亭集》等。

常山道中

来时逢朔雪，归路又秋风。
客计惭羸马，乡心逐去鸿。
喜看闽地近，渐见越山穷。
想到家林日，篱花开几丛。

徐光启（1562—1633）：字子先，号玄扈，天主教教名保禄，松江府上海县（今属上海）人，官至礼部尚书兼文渊阁大学士，翻译《几何原本》，著有《农政全书》等。

题陆万言《琴鹤高风图》[1]

三年佐郡蔚清标，南国棠阴万里遥。
只为刑平圜室闭，不因恩贷槛车消。
冕旒正坐思孙绰，阊阖方开忆帝尧。
课最悬知膺异宠，谏垣成命出中朝。

编者注：①《琴鹤高风图》为陆万言等人赠予詹思虞的图集。

谢肇淛（1567—1624）：字在杭，福建长乐人。明万历二十年（1592）进士，官至广西左布政使，著有《五杂组》《文海披沙》《小草斋诗话》《小草斋文集》等。

定阳道中

瘦马又长途，相将暑欲徂。
瀑流隔树细，野寺近山孤。
林翠晴仍湿，岚光看复无。
客心时自笑，芳草绿蘼芜。

郑以伟（1570—1630）：字子器，号方水，江西上饶人，明万历二十九年（1601）中进士，官至礼部尚书、东阁大学士，与徐光启并为内阁左右辅臣，有诗文集《灵山藏》等。

堂成

两浙水澉流，两已相背磔。
车马走联冈，常山乃其脊。
东流下钱塘，天目开二只。
严滩泻蔚蓝，如人作青白。
其西亘巑岏，崇岚阻喉嗌。
倒峡涌于溪，一夜巨灵擘。
昔帝畀良玉，投渊镇鳌跖。
至今精爽异，漻漹漱琼液。
五老睆其傍，操瓢尼屐却。
千里忽沄沄，乘秋汇彭泽。
予里怀玉左，井落环湔涬。
奔突驰群峰，万骑射潮汐。
轲磕殷晴雷，奇事闻坎石[①]。
风物似严溪，清绝相仲伯。
东湖有町疃，耒耜之所隙。
雉蔓尽荆榛，芰芫到沙砾。
面翠起云楼，绕青亚埤栅。
不令一景遁，开兹五亩宅。
然后溪山妙，一一饷几席。
林靓出烟鬟，沙霏开绮陌。

北窗瞩灵阜，青罗十二戟。
雨后帷骤舒，霜高笏重积。
山莺日依依，水凫春拍拍。
泗江见牛鼻，倒影俯鹘额。
倚树数归樵，迎帆识贾舶。
有园自课蔬，新菜随时摘。
莳果不计奴，瀹笋彀供客。
少鲜仕宦情，蚤有烟霞癖。
营兹为老计，百肘敢云窄。
架缮僮仆劳，十赉将尔册。
京洛有故人，箴我怀居僻。
愧尔希有呼，贪此斥鴳适。
置酒登亲朋，笛声无际碧。

注：①予里坎石时鸣如雷，父老称石雷云。

赠史敬斋史先世为带下医无贵贱皆为起之余少过常山见其尊甫意斋及其弟皆笃行君子也常山近义乌殆朱丹溪之徒乎

卖药韩康姓字埋，为寻碧照[①]到高斋。
金华更近舟溪里，一撮刀圭禹稷怀。

编者注：①碧照阁在常山，见汪文定诗。

曹学佺（1574—1647）：字能始，号石仓，福建侯官（今属福建福州市）人，明代官员、学者，著有《石仓诗稿》等。

常山白龙洞

人境初开日，山僧为客言。
石岩虽尽态，萝葛不伤根。
尘到泉边净，朝游洞里昏。
何论行役滞，胜事亦称繁。

王思任（1574—1646）：浙江绍兴人，明万历年间进士，官至尚书，著有《王季重集》等。

常山道中

石壁衢江狭，春沙夜雨连。
溪行如策马，陆处或牵船。
云碓滩中雪，人家柚外烟。
故乡寒食近，啼断杜鹃天。

泊焦堰

清雨寒溪照，扁舟在月宫。
山回螺黛转，雪卷月波融。
乡酒犹余豆，蔬羹已得菘。

不堪频访旧，过隙损河风。

衢江道中

百里皆卢橘，三家亦水湄。
溪喧春自按，屋险树交枝。
鸟语深林碎，鱼行浅濑迟。
游山不及老，灵运许心知。

编者注：载于《文饭小品》卷二。

张燮（1574—1640）：字绍和，别号海滨逸史，福建漳州府龙溪县（今属福建漳州市）人，明代著名学者、文学家，著有《东西洋考》《霏云居续集》等。

陆行常山道中下俯澄溪聊短述

马首沿溪转，帆樯似送行。
波光酣树色，野吹吸蝉声。
村峙归云去，崖悬古渡横。
越山垂尽处，风土亦凄清。

编者注：载于《霏云居续集》卷十一。

贡修龄（1574—1641）：字国祺，号二山，初名万程，江阴（今属江苏无锡市）人，明万历四十七年（1619）进士，官至江西参政，著有《斗酒堂集》等。

过三衢橘径

千顷木奴香，离离缀道旁。
骚人动吟兴，舆隶且偷尝。
翠质含朝雾，甜浆待晚霜。
此中那共乐，借我玉尘方。

常山雨中小病

其一

鸡骨难支道路长，病怀愁听雨郎当。
三休谁似司空子，万树云萝窈窕娘。

其二

少小夤缘苇岸间，按图索骥苦跻攀。
自从一作风尘客，看尽千溪与万山。

费元禄（1575—1640）：字学卿，铅山（今属江西上饶市）人，明诸生，著有《甲秀园集》。

修道庵[1]

支公筑室此幽栖，下马门前古木齐。
独树残花茅屋里，一泓流水板桥西。
烟沉丹嶂残僧窟，路转松盘古犺梯。
日午春风留客住，鹧鸪飞上石楠啼。

编者注：①《甲秀园集》卷二十九中有《吴越纪行》一文，记此庵在常山五里许。

白龙洞

白龙岩洞辟氤氲，龙去空潭故老闻。
不雨频飞三峡水，无风自引一溪云。
残僧分溜供寒爨，过客扪碑读断文。
咫尺红尘吹不到，委墙青荔露纷纷。

无异禅师（1575—1630）：名元来，明代舒城（今属安徽六安市）人，俗姓沙，受戒云栖，改名大舣，人称博山禅师。

与詹定斋[1]廉宪游白龙洞

三城重茧届西峰，既到西峰喜白龙。

洞里有泉千涧绿，树头无染一山红。
时分今古心何异，报逐升沉境自同。
寄与往来诸上士，莫教水底觅鱼踪。

编者注：①詹定斋，即詹在泮。

夏嘉遇：生卒年不详，字正甫，松江府华亭（今属上海）人，明万历三十八年（1610）进士。

无题

使君持节凛于霜，养望三秋意气扬。
天牧到时翔鹫鹫，法星临处烛财狼。
琴樽调笑平民口，笔口风流品士行。
秩满定知留不得，九重霄汉列仁羊。

熊明遇（1579—1649）：字良孺，号坛石，江西南昌人，明万历二十九年（1601）进士，授长兴知县，著有《南枢集》《青玉集》等。

饭草坪驿苦热

楚越一峰令，天分江海情。
县城三舍远，草市数家坪。
脯饩惭饩饱，茶瓜快解酲。

望风疏竹里，不觉有啼莺。

吴之甲：生卒年、籍贯不详，著有《静悱集》。

过常山

树古望同跿鹤，山重远若攒螺。
城郭半开雾市，人家尽住云窝。

宿草萍

度索驰驱到草萍，鸣骝联系路旁亭。
树应喜客含颜赤，山亦迎人扫黛青。
鸟道盘云石齿齿，瀑泉带月响泠泠。
明朝已入西江境，遥望家园更渺冥。

读草萍公馆孙忠烈王文成二公诗步韵有感

事业斯人岂易当，遗吟似指我津航。
未倾颈血心先烈，才定肤功意转忙。
万国只今分党部，九重不复问黔苍。
悠悠安得如公者，七尺躯惟许庙堂。

李明睿（1585—1671）：字太虚，江西南昌人，明末清初著名的诗人、史学家、社会活动家。

和阳明先生草萍驿韵

曲逆封侯六出奇，谢家东墅系安危。
谁将灵砭□□□，能有神针起瘵疲。
虎豹蛰藏多杀气，蛟龙云雨暗旌旗。
一番变化惊人耳，三聘幡然拯朕师。

编者注：载于夏云鼎《前八大家诗选》。

王嘉殷（1584—1656）：字庶生，明万历三十年（1602）从福建兴化府前田县迁居常邑土名水南山兜，为当地王氏始祖。

嘉殷公迁居常自娱诗

田园杖履赋春词，水秀山明玩在兹。
风弄啼莺声自碎，日斜疏竹影更移。
老年述梦少年事，得意不忘失意时。
若问高斋呵（何）所乐，生平爱读杜陵诗。

谭贞默（1590—1665）：字梁生，号扫庵，浙江嘉兴人，明崇祯元年（1628）进士，官至工部主事，国子祭酒，清初辞归，终老家乡。

次草驿读孙忠烈感怀王文成擒宁籓诗

路发三衢说烂柯，寻山其奈候人何。
田余紫叶经霜老，林亚黄团照水多。
薄暮野亭萍里宿，百年怪事梦中过。
额头残墨看烧烛，寒雨清吟啖饽饦。

冒起宗（1590—1654）：字宗起，号嵩少，如皋（今属江苏南通市）人。

次常山吊詹元绶孝廉元绶之先公亦令会昌即古之九州镇

裘马翩翩忆壮游，重来访旧化丹丘。
悲风入夜冲离梦，积雨鸣澜撼独愁。
岂是文园多病渴，从知巨壑须藏舟。
九州先后成佳话，凭吊登楼几涕流。

过草萍驿

回首岁癸丑，家君宰会昌。
南天捧毛檄，色喜为高堂。

王母逼桑榆，六月度层冈。
触署忽病暍，家君意彷徨。
徒步随车行，吾母掖车旁。
踯躅亟登舟，疾势渐觉瘳。
有喜幸勿药，忽然解忧烦。
禄养四载余，潘舆日悠游。
予今复过此，逝景纷吾眸。
捧檄且为谁，黯悲生离愁。
风急号白杨，荣名似浮沤。
感叹废蓼莪，三陟心若插。

张岱（1597—1689）：字宗子，号陶庵，晚号六休居士，浙江绍兴人，晚明文学家、史学家。

常山

牵船沙上走，涩泐到三衢。
水碓舂云母，溪耕灌木奴。
桡长石卵滑，载重缆条粗。
磊块真难上，榜人动地呼。

姚孙棐（1598—1663）：字纯甫，号戊生，安徽桐城人，明崇祯十三年（1640）进士，知浙江兰溪县，著有《戊生诗集》。

过常山县

雨过晨光湿，颓檐溜尚新。
地（境）荒山作郭，县小吏骄人。
草树迷行望，邮亭绝比邻。
孤怀当此际，惭愧逐车尘。

编者注：载于《龙眠风雅全编·卷三十一》。

许楚（1605—1676）：字芳城，号旅亭，又号青岩先生，安徽歙县人，明末诸生，隐黄山以终，著有《青岩集》。

浮丘仙亭歌

我来定阳才半日，蹇裳便访东明山。
浮空羽化已百载，枕边石液犹潺湲。
捍灾拔厄呼忽至，衣履真气留人间。
云踪出没何狡狯，一身分现青山外。
有时蹑屩徐庑旁，宝篆灵符撤衣带。
徐翁徐翁亦异人，肉眼那识浮空真。
当年视与诸佣伍，奇缘仙迹皆沉沦。
至今岳岳石亭上，烟雾供养成主宾。
亭草蒙茸覆芒屩，荒碑折角苔文瞀。

坐久苍苍众木鸣，俨若浮空在虚步。

石崆庵

曳杖出南郭，庵庐废抢攘。
荒径杂硗确，振步渐平广。
藤扶野庙欹，鸟啄寒烟上。
沿塍度危磴，瞻谷恣幽想。
老篠翠团阴，香岩暑龙象。
蔽阶荣菊英，积叶护苔长。
跨涧陟山亭，切云受虚敞。
亭寒石作屏，客到足俱响。
石悟将度人，相对沃尘块。
冠剑逢雅流，澄怀憩孤往。
缅思住山僧，胸次非鲁莽。

石崆溪观钓者

彻底清如此，潭心何处分。
崖嘴千瓣雪，石画一溪云。
坐定收空响，风来簇细纹。
衣冠惭野钓，应未许同群。

寒夜

荒郭青霜夜，官衙鼓尚存。

月明无醉客，灯散颊孤村。
野鼠随街卒，惊鸟斗戟门。
那曾餐五斗，弹铗共朝昏。

作者注：时令君设客，每难得鱼。

旅月

作客经年白发生，赧将孤抱问君平。
家连小岭梅无信，郭带寒沙雁有声。
三户月传金柝急，女墙霜立铁衣鸣。
闻砧此夕思公子，错愕荒鸡到五更。

阅常山志感赋

万户凋伤战伐余，登丰旧里尽丘墟。
浮空石烂思遗履，清献岩深蹇著书。
瘦马半飧邻县草，哀鸿常拥令君车。
灵符纵革南山虎[①]，泽竭谁援泣釜鱼？

作者注：①邑多虎患，令乞张真人铁符逐之，暴少息。

白胤谦（1606—1674）：字子益，号东谷，明末清初山西阳城人，明崇祯十六年（1643）进士，选庶吉士，清初入翰林，官至刑部尚书，著有《东谷集》。

芜湖泛舟同李秀才常山人天然上座

楼阁媚清川，歌筵载画船。
榜人轻夕浪，游客爱湖烟。
牛斗天相接，鱼龙夜不眠。
酒阑风恰正，倚棹兴悠然。

大梁道中赠李四表弟秀才天然上座常山人

万里南荒路，相从汗漫游。
春还衡岳雁，险脱洞庭舟。
甘苦兼王事，崎岖共旅愁。
越人笼药费，北海腕光浮。
禅性娱神骏，萍踪聚水鸥。
情亲依使节，传食历诸侯。
徼外鱼书绝，行边虎穴稠。
颠危存骨肉，欢笑得咨诹。
菽麦沾中土，云山亚故丘。
兵戈忧半释，瘴疠病将瘳。
少室扶邙出，黄河抱晋流。
因君转天末，回眺意悠悠。

黄淳耀（1605—1645）：初名金耀，字蕴生，一字松崖，号陶庵，又号水镜居士，嘉定（今属上海）人，明崇祯十六年（1643）进士，著有《陶庵集》。

壬午长至日送陈世祥省亲常山

省觐仍游学，天涯只似归。
交新移旧雨，寒尽接春晖。
泷急风帆怒，鹃多客思微。
铃斋如忆我，霰雪满征衣。

编者注：以上得之秦藻斋中。

张贞白有离世之志作四别诗示余余反其意作四留诗以尼之其二代花木留

曾因一击悟香严，翠竹黄花不受嫌。
空际繁华随意扫，闲中色相逐时拈。
经春抱瓮新条长，隔日窥园恶木添。
莫向狙公分橡栗，寻常山果共酸甜。

草萍驿有感

百年孙燧节，一决守仁功。
箕尾归天上，麒麟入画中。
暗苔诗壁古，大树驿亭空。
无限胸中气，时危哭向风。

衢州

山店依城斗，官桥系艇齐。
岚光含野淡，滩响隔春低。
雨暗虬龙宅，春浓橘柚堤。
三衢风物好，坦步不烦藜。

郭之奇（1607—1662）：字仲常，号菽子，广东揭阳人，明崇祯元年（1628）进士，累官至礼、兵二部尚书，武英殿大学士等职，著有《宛在堂文集》。

繇常山至玉山道中行

行行欲尽浙西山，四周峰色尚如环。
但有松声吹绝巘，更余泉响别人间。
黄岐片席应余待，几度征夫乡梦还。

释函是（1608—1685）：字天然，俗姓曾，名起莘，广东番禺人，明崇祯六年（1633）中举，著有《瞎堂诗集》等。

十五删

莫愁残腊满头斑，绛色偏能驻老颜。
更有销寒夸玉马，定教丹石胜常山。

吴伟业（1609—1672）：字骏公，号梅村，江苏太仓人，明崇祯四年（1631）进士，清顺治十年（1653）被迫应诏北上，后升国子监祭酒，母亲去世后不复出仕。与钱谦益、龚鼎孳并称“江左三大家”，著有《梅村诗余》。

高凉司马行[①]

高凉司马才如龙，眼看变化畴人中。
豪华公子作能吏，刻苦不与寻常同。
十年太末声名好，随牒单车向岭表。
猿啸天边雁北飞，相思不断如春草。
官清喜得乡园近，载米尝闻上山郡。
此去虽持合浦珠，炎州何处沽佳酝。
君言万事随双屐，浮踪岂必嗟行役。
婚嫁粗完身计空，掉头且作天涯客。
江南赋税愁连天，笑余卖尽江南田。
京华权贵书盈寸，笑余不作京华信。
平生声伎罗满前，襆被独上孤篷船。
到日兰芽开百本，饱啖荔枝宁论钱。
故旧三人肠几转，白头老辈摊吟卷。
王宰丹青价自高，周郎酒兴愁来减。
三衢橘柚广州柑，梦绕江南与海南。
吾谷霜枫回首处，错认桄榔是乡树。

作者注：①赠孙孝若。

曹溶（1613—1685）：字洁躬，号秋岳，秀水（今属浙江嘉兴市）人，明崇祯十年（1637）进士，官御史，后仕清任顺天学政，家富藏书，著有《静惕堂集》等。

将抵常山值雨二首

其一

纵棹穷源去，金砂彻底明。
时清黄埠熟，县古白沙平。
劈岭分凉晚，停荫漏日轻。
篮舆悲倍湿，空翠暗山城。

其二

两岸看青霭，随流到远岑。
镜空天不染，风动舫无心。
滩灶移深雾，山潮协素琴。
粘泥今日事，去去约抽簪。

舆行常山道中二首

其一

山间仍置驿，青过笋舆香。
洞草生秋雨，沙禽语石梁。
心穿丛荔往，游倦古溪长。
旌旆曾南下，风榛冷夕阳。

其二

自成来往熟，野老失幽栖。
岭闭愁江雾，天清见越溪。
得闲无白发，充食有青泥。
震荡舟行后，琴尊喜暂携。

钱澄之（1612—1693）：初名秉镫，字饮光，一字幼光，晚号田间老人、西顽道人，桐城县（今属安徽桐城市）人，著有《田间诗集》《藏山阁集》等。

衢州遇韦剑威

落魄三衢市，风尘杂泪痕。
对人声尽变，怪我发犹存。
生死浑闲事，衣冠是圣恩。
吴江血已碧，犹自问王孙（谓仲驭）。

魏耕（1614—1662）：原名璧，字楚白，慈溪人，明亡后，改名耕，字野夫，号雪窦居士，又号白衣山人，曾联络抗清志士，秘密图谋恢复大业，最终因“通海案”而被害，著有《息贤堂诗集》。

昭庆寺

宣律唐年寺，红嵝照玉清。

湖临明圣水，烟绕凤凰城。
争铎穿云响，金银耀日明。
廊回群岫转，巷曲杂花迎。
越岭霞纹散，吴宫岚彩晴。
鸣钟邀上客，候犬识簪缨。
瓜果雁王献，芙蕖鹿女擎。
伽蓝齐洛下，香积胜东京。
秋日黄花节，征人万里晴。
看山眠户牖，俯涧爱澄泓。
愿借昙摩地，栖迟得此生。

编者注：因作者曾到过常山，且与游衢州烂柯的时间相同，故可能写的是常山昭庆寺。

龚鼎孳（1615—1673）：字孝升，号芝麓，安徽合肥人，明崇祯七年（1634）进士，授兵科任职，著有《定山堂集》等。

常山道上六首

其一

滩高停急桨，山路逼郊垧。
纵眼宽携杖，回头怯泛萍。
橘林寒晚翠，松碧党遥青。
乱后经行少，儿童问使星。

其二

沧海方吹角，频年鞣鞈过。
地偏征敛尽，人去草莱多。
败屋丛栟栝，霜天长薜萝。
登临幽兴适，吾泪亦滂沱。

其三

石路萦清沼，亭皋带远林。
柳黄何夜雪，樟老一山阳。
澹荡如秋日，萧疏称此心。
探奇堪卒岁，愁岂鬓毛侵。

其四

了知心境习，数见景长鲜。
丹叶明霜后，苍崖暗雪前。
经过地曲折，忽漫水延缘。
樵斧虚无里，青霞几洞天。

其五

险隘江闽接，巑岏岫岭长。
弓鸣猿易骇，林密虎真藏。
炊饭村烟白，支扉木叶香。
几时遂初赋，并日理游装。

其六

隔水喧渔艇，巾车落日催。
沙平寒烧出，峰压县楼开。
塔暝栖鸦过，城孤独鹤回。
故人青眼在，惊喜看山来。

屈大均（1630—1696）：初名邵隆，字翁山，又字介子，广东番禺人。前期致力于反清运动，后终不复出，著述讲学，移志于对广东文献、方物、掌故的收集和编纂，著有《翁山诗外》《广东文选》《广东新语》等作品。

橘柚

橘柚炎天物，霜时熟更红。
骚人曾颂汝，香在九章中。

何巩道（1642—1676）：香山（今属广东中山市）人，抗清不仕，著有《樾巢稿》。

和常山爱玉诗二首

白璧委泥，明珠暗投，不偶之感，今昔同情。况复听蔡女之清笳，词俱谱恨；滴灵芸之红泪，心已成灰。又何必叫杜宇于五更，闻巴猿于三峡，而后九回肠断，千里魂离也哉。

其一

驿路风吹堕马妆，陇西流水去茫茫。
枝头鹦鹉休相问，梦断春归落野棠。

其二

斜阳疏柳忆明妆，落月悲笳路渺茫。
渭水有情通故国，归心无计买沙棠。

魏偁：生卒年不详，字达卿，号云松，鄞县（今属浙江宁波市）人，以贡生授石城训导。著有《云松诗略》。

常山县至玉山县山行七十里

轧轧舁肩舆，沙径平如案。
迂回万山下，景色佳可玩。
石隙泉琴悲，苔文岩绮粲。
涧花炫日吐，谷鸟逐人唤。
山开衍平畬，麦秀青霞散。
峡隘树荫暖，岚深愕黎旦。
络绎旅人行，累累状珠贯。
我非名利徒，曷足兴遐叹。

李有朋：生卒年不详，东阳人，字彦孚，明嘉靖丙午年（1546）乡荐，会试中举。官至鲁府长史。

到常山

溪窄金川口，云纡玉岭途。
客帆风作役，村碓水为奴。
听鼓山城近，看灯梵塔孤。
十年人复到，怀旧愧今吾。

常山有感

少壮轻离别，隆冬事远游。
归来愁破镜，此日怅危楼。
断烛常山夜，空琴楚国秋。
相思岭北水，不共客南流。

西皋寺

寺去西皋近，门函九曲深。
奇藤穿树腹，寒藓结堂阴。
负郭僧妨静，逢山客费吟。
法身原是幻，翠竹有空林。

白龙洞

三贤堂畔碧云遮，下有清泉一道斜。
潭在洞中龙作窟，树攀岩顶鹤为家。
冰壶裂处千林雨，丹壁晴边万岁霞。
安得山林启金钥，直从源上探桃花。

商大辂：生卒年、籍贯不详。

圆通寺

南山南畔圆通寺，林麓萧森客到稀。
坐看晚霞送落日，千枫影里一僧归。

编者注：载于清嘉庆《常山县志》。

徐景：生卒年、籍贯不详。

登塔山半闲亭

山藏万井里，亭耸一峰尖。
出岫云封槛，环门树作帘。
老僧留少憩，闲客许频瞻。
堪羡书颜者，偏能吏隐兼。

詹涛：生卒年不详，字德源，号越江，常山县城后园人，博学好古，屡举不第，例授儒官，著有《四书核实》《超古新论》等。

锦川石[1]

条条石笋短长眠，脉络分明瘦且坚。
人力不须施巧琢，天工自尔斗鲜妍。
四围看似身穿锦，三品齐如字写川。
谁道古根移不动，也应远索置平泉。

编者注：①锦川石，即石笋，俗称花石，产于青石乡马车、砚瓦山一带。

载于清嘉庆《常山县志》。

湖山[1]

山下有精舍，涛读书经岁，见人多采灵药于此。

径僻人稀到，山幽地最灵。
药苗生异种，题品识多形。
济世真能效，凭谁得出扃。
庙堂有狄相，惜未满笼瓴。

编者注：①常山一名湖山，湖山，在县东三十里，绝顶有湖，有石环绕如城。故以此名县。

球川

水停江汉莫非潭，如我石潭无二三。
不把澄清和世较，只将作用与人谈。

云笺月片皆攸赖，鸟迹蜗书惟所堪。
小小村溪深几许，恩波流被到朝簪。

白龙洞

四围石团团，一隙泻银湍。
无云恒带湿，不雨亦成澜。
寒际何曾冻，炎天那见干。
源源来昼夜，万古足奇观。

王浩八：生卒年不详，江西余干县（今属江西上饶市）人，农民起义领袖。明正德八年（1513）正月，率义军从玉山进入常山县球川镇，于壁上题此诗。

球川题壁诗

天地不正，久雨久晴。
朝廷不正，去贤用佞。
守令不正，暴敛横征。
穷民无奈，方动刀兵。

邓林：生卒年不详，初名彝，又名观善，字士齐，广东新会人，明洪武丙子（1396）举人，预修《永乐大典》，著有《退庵遗稿》。

黄方伯饶泰政遣人送至常山因赋此以谢之

钱塘潮到富春还，逆水移舟寸步难。
不是仁风送帆力，七程何日到常山。

卢龙云：生卒年不详，字少从，南海（今属广东）人，明万历十一年（1583）进士，著有《四留堂稿》《尚论全编》《易经补义》等。

常山道中见梅花盛发二首

其一

东风几日送春还，喜见梅花满道间。
吴越山川从此始，游人且莫说乡关。

其二

淡荡春光雨雪余，官梅夹道已全舒。
总无载酒看山伴，亦是出郊览胜初。

过草萍驿

楚越间关道，篮舆又草萍。

苔文滋锦石，云气点苍屏。
扰扰浮生役，劳劳送客亭。
秋风迟落木，山较往时青。

史杰：生卒年不详，字孟哲，浙江湖州人，明弘治年间人，著有《袜线集》。

道经草萍驿和壁间诗韵

年来踪迹等浮萍，驿馆停骖雨乍晴。
半世浮名何足重，一挑行李莫嫌轻。
殊方山色徒牵兴，上国莺花独系情。
赋就新诗题石壁，隔林啼鴂两三声。

编者注： 此诗应为和宋代赵鼎草萍驿之诗。

徐登泰：生卒年不详，号上峰，常山县城塔山下人，曾任南康府通判、郧阳通判，著有《南北游草》。

鲁家坞泉[1]

一泓清可鉴，万斛此源深。
濠上天随我，江心月伴琴。
琴开惊虎迹，风回听龙吟。

向此中时汲，功成慰望霖。

编者注：①鲁家坞泉，在展衣山下，即县府西侧鲁家坞处。载于清雍正《常山县志》。

重游白龙洞题

白龙去不还，空有水潺潺。
六月溅冰雪，通宵响佩环。
浸畦秧早绿，润石藓常斑。
吾亦抱瓮者，何知此处闲。

曹孝子歌

曹孝子，都昌民，不干荣进不工文。
生来爱亲本天性，高堂但愿亲长存。
颠风忽起树不静，尊前舞彩停斜曛。
祈祷望南极，禳病礼北辰。
甜滑入口忧黔娄，号慕攀柏悲王孙。
吁嗟乎，曹孝子，良心今人犹古人。
人少人长尽人子，德色谇语何纷纷。
伤哉世变不忍言，感尔涕泪频沾巾。
事亲诚若尔，庶免乖彝伦。
罔极眷先德，相承看后昆。
三世守家范，千载流芳芬。
我从下车闻尔民，首过尔居视尔坟。
寒心松柏护神鬼，大书碑碣昭乾坤。

此邦縻禄愧无补，但愿风俗还真淳。
吁嗟乎，曹孝子，移尔是道可事君。
眼中簿，书碌碌，谁识政教有本根。

编者注： 整理自《古今图书集成》孝弟部。

咏都昌八景

石壁精舍

卧拂石上云，经潘云下石。
午梦片时间，池塘春草碧。
江山无古今，精舍荒榛棘。

野老岩泉

石骨溢清泉，冷冷注江浒。
野老爱幽栖，酌泉洗心腑。
荣辱任去来，漱枕自寒暑。

陶侯钓矶

数尺桐江丝，半湖蟠江水。
未试扶日功，且钓西山雨。
不有庐江征，肯为苍生起。

苏仙剑池

剑气横秋霜，龙光射牛斗。
池空鹤梦闲，月冷松花老。
仙翁去不回，隔断红尘道。

矾山樵唱

山峰隐翠微，林木蔽青屿。
樵者不知劳，歌声白云里。
表出夷齐心，荡洗巢由耳。

彭蠡渔歌

烟波一叶舟，欸乃数声曲。
风雨细更斜，青笠映蓑绿。
本是沧浪流，不向红尘逐。

南寺晓钟

铁鲸开混蒙，洪音觉幽幻。
紧缓百八敲，夜气亦平旦。
本是扬州声，不为王郎饭。

西河晚渡

急流送夕阳，栖鸦杂归客。
灯火已黄昏，往来犹未绝。
橹声两岸秋，棹破波心月。

徐莫：生卒年不详，常山县城蒋家园人，明嘉靖二十九年（1550）任丰城知县。

虾蟆石[①]

虾蟆山石俨成形，此地因形得此名。
犹喜公私无所为，古今默默未曾鸣。

编者注：①虾蟆石，位处同弓乡胡村之青蛙咀。

大善庆庵

朔风吹我上浮屠，指点江山兴不孤。
一笑眼中分六合，万家云外认双凫。
前朝幽窟无灯照，落日空林有鸟呼。
为谢游人莫辞倦，崔嵬今已见平途。

郑钟：生卒年不详，常山县岩口人，明万历时贡士，曾任武义县教谕。

集真观

青山驱世态，把酒笑相迎。
一塔五云立，孤钟两殿鸣。
感时空剑舞，望野自舟横。
漫醉杯中物，芳嵎独采英。

詹璞：生卒年不详，字德温，常山县城后园人。

白龙洞

白龙仙洞小金华，洞口烟云自一家。
四面青山长对客，半泓流水足烹茶。
依栖只有高松鹤，恼乱惟应隔树鸦。
寄语西台方傲吏，早从此地弄风花。

吾詹二士寄怀

龙剑埋藏久（璞），光芒云气横。
十年看出匣（咏），万里动驰情。
蚤岁贤名重（璞），中天河汉更。
曙瞻初上日（咏），彩篆济文明（璞）。

编者注：载于《陈虞山文集》卷十二附录。

邵昌言：生卒年不详，常山人。

白龙洞和詹璞元韵

霞外何曾有岁华，布袍芒履自成家。
凭将妙句酬僧偈，汲取芳泉当客茶。
惯卧松阴驯野鹤，醉歌岩月误栖鸦。

何时定买郭西酒，同赏读书台上花。

紫竹山

芒鞋踏破几重云，恍若吾生别有生。
回首尘都迷世界，昂头天欲碍纶巾。
疏星点点千山晓，野鸟声声万壑春。
须就此间问禅乐，不妨方外作闲人。

樊莹墓

棠树崇冈少保坟，振衣登拜赋招魂。
林莺巧语香风细，石马无声绿草蕃。
圣主恩光昭日月，老臣心迹在乾坤。
衣冠莫道无公议，牧竖犹能识骏奔。

杨毓秀：生卒年、籍贯不详。

文笔峰

突兀浮屠山尽头，市廛深绕白云幽。
耳边鸡犬望中境，眼底轩窗天上楼。
佳会几人同笑语，壮怀万里称遨游。

曲中烂醉不知处，却欲乘风泛[1]斗牛。

编者注：①明万历《常山县志》为“弄”。

郑茂：生卒年不详，字士元，号壶阳，福建莆田人，明嘉靖三十二年（1553）进士，官至河南按察使，著有《咫园诗集》。

过草萍驿

古驿荒烟断，征骖向晚停。
吟回江雨白，坐对越峰青。
万事皆蕉鹿，吾生亦草萍。
劳歌犹未已，短铗复冲星。

编者注：载于《明诗综》卷四十四。

潘玺：生卒年、籍贯不详。

超霞台[1]

高台藏翠霭，城市少人知。
竹色侵书幌，松阴覆酒卮。
心闲云共远，性定石难移。
偶有淮南兴，还裁招隐诗。

编者注：①超霞台，在金川门（小南门）山巅，詹莱建造。

圆通寺

为寻兰若役吟魂，漫整襟裾礼世尊。
莫以梦时求觉路，须从实际悟空门。
境殊下界烟花回，楼近诸天星斗繁。
此地追游浑不厌，闲来还拟采芳荪。

坑头观音阁

高阁登临四野春，当轩舒卷叠华巾。
磬声忽落波心去，似起如来洗宿尘。

史产：生卒年不详，常山人。

紫竹山

山中煮白石，喔喔闻天鸡。
候火功应密，寻芝路转迷。
猿声鸣绝壑，虎迹印新泥。
老衲飞升处，台空事莫稽。

严谷山[①]

寻幽选胜数追陪，得到兹山不易哉。
云暴[②]灵峰壶里隐，春移佳木画间栽。

黑潭合有蛟龙蛰，白昼能教风雨来。
便欲诛茅邻洞府，故园猿鹤莫疑猜。

编者注：①严谷山，即龙山，在县北三十五里辉埠镇内，旧为严姓所居，故名。
②清康熙《常山县志》卷之二作“裹”，清嘉庆《常山县志》卷之十二作“向”。

侍郎魏公墓

宿草萋萋石马存，渔歌樵唱杂朝昏。
岁岁平田集鸿雁，应从沙漠吊忠魂。

编者注：载于清光绪《常山县志》。

陈梗：生卒年、籍贯不详。

紫竹山

钟鼓初回梦，尘心莹似冰。
寻诗依曲槛，调鹤过闲庭。
欲解三生悟，须将百虑澄。
联床宜夜雨，旧约已堪凭。

集真观二首

其一

崪嵂玄关只在城，凭高指点景偏明。
风回三里帆樯乱，日落千家烟霭平。
只许长松摇塔影，不教嚣市杂钟声。
乘闲偶蹑清虚境，忘却年来白发生。

其二

中峰鹄立浮苍翠，曲径蛇盘入窅冥。
塔面东西十里见，钟声远近下方听。
春深尚记栽灵药，日静偏宜写道经。
回首红尘千丈隔，可能一点到山扃。

谢廷柱：生卒年不详，字邦用，福建长乐人，明弘治十二年（1499）进士，官至湖广按察佥事，著有《双湖集》。

过草萍驿次林见素壁间韵

济时才力孰相当，只费官舆与驿航。
鬓雪为谁销日短，岭云无意伴人忙。
灵山骨立因秋瘦，怀玉姿生结暮苍。
故国眼中归未得，二疏风节愧堂堂。

兰谷兄同至源口舟中酌别

话别惟兰谷，芳樽出水村。
高榕遮斗柄，新水动沙痕。
衰病增离恨，忠勤荷赠言。
倚篷回首处，月色在江门。

十月七日同黄敬之宿源口舟中有怀谢行忠上舍

好山能留人，源口舟夜泊。
于时冬初交，微雨晓来作。
推篷稍露坐，顿觉双袖薄。
月上山影高，溪寒水痕落。
澄波浸疏星，霜林出危阁。
且教息尘想，岂但休倦脚。
会意有敬之，细话举杯勺。
天空万籁静，未觉景寂寞。
悠然发遐想，三华旧游乐。
吾宗老上舍，高韵比孤鹤。
载酒看青山，吟诗望寥廓。
幽事难尽纡，旷怀讵能度。
美人天一方，使我胸怀恶。
安得生羽翰，飞来共清酌。

王宽：生卒年、籍贯不详。

解任归书草萍驿

三月草萍驿，风花防客衣。
春山啼杜宇，也道不如归。

江先贯：生卒年不详，常山人。

超霞台二首

其一

共言吏隐少人兼，勇退如公世所瞻。
衣（依）返薜萝春自暖，味甘笋蕨日仍添。
关中紫气频侵席，颍上清风忽动帘。
时许野樵来玩弈，穷年不为著书淹。

其二

长吟越客昔年归，高筑霞台压翠微。
城上赤标连日起，斗间紫气傍林辉。
笑看野鹿人争逐，喜约冥鸿我不违。
一醉登临高枕卧，不妨松露湿初衣。

四贤祠[1]

宋室当年尘再蒙，虞渊取日仗诸公。
讵知运祚嗟难复，空使英雄泪不穷。
箕尾可能成独往，刍荛犹喜识孤忠。
莫言信美非吾土，一体千秋祭祀同。

编者注：①四贤祠，在西门外白龙洞前。

圆通寺

共言城市有山林，古刹无烦郭外寻。
雨后径留麋鹿迹，春深树满鹁鸠音。
香浮斗室经时散，月过肩墙逐日侵。
况有远公能好客，不妨乘兴数登临。

赵忠简公墓

石门山径自清幽，相国坟边野草愁。
久见碑铭无日月，近闻俎豆有春秋。
一生忠义成佳气，千古悲哀续断流。
西去斜阳谁复挽，不妨樵牧起歌讴。

赠蓥[1]

其一

寸肤谁不爱，刲股亦何心。

暗祷皇天鉴，微诚白日临。
痕存悲更切，痛定暮逾深。
莫把鄠人比，君名夙此钦。

其二

岂忍伤肢体，却缘母病危。
右肱已如折，左股复然夷。
寸草怀弥切，百身赎不辞。
闻君素行孝，且也畏人知。

编者注：①蓥即詹蓥，常山后园人，孝子。

樊阜：生卒年不详，字时登，浙江缙云人。明成化四年（1468）举人，官延平府学训导，著有《樊山摘稿》。

三衢山

拆坎灵蛟鬐怒撑，崇峦迸裂魑魅惊。
风姨迅扫阴霾净，三瓣芙蓉金翠明。
山人睡起双瞳碧，镂刻琉璃不堪易。
一帘香雾滴松林，拄杖微吟延月夕。

编者注：载于明万历《常山县志》。

百树尖

巨灵掬水劳神工，几瓣巧削金芙蓉。
元气蒸云滴春乳，珊瑚戛玉摇玲珑。
香翠浮帘眠不得，起向庭前看树色。
碧天如洗月初沉，野鹤长鸣抗幽寂。

编者注：载于明万历《常山县志》。

灵峰岭道中

岭路青林杪，盘回出乱云。
寺楼当坞见，野碓隔溪闻。
屐润苔花积，衣香药草熏。
崖阴仙洞在，遥见鹿成群。

游灵峰寺

步入灵峰寺，岚霏翠湿衣。
野塘蒲叶短，石磴藓花微。
潭静龙长卧，山寒鹤未归。
老僧茶话久，高阁转斜晖。

登观音阁

春云笼碧树层层，危磴苔交一再登。
涧水入溪喧似瀑，松根缠石老如藤。

浮生容易休为客，往事凄凉莫问僧。
几欲下山还不下，尘纷明日又填膺。

游西村

秧叶浮青野水浑，农人篱落散鸡豚。
寒烟淡抹梨花坞，夕照微明柘叶村。
浮世茫茫何日定，故交落落几人存。
近时一懒宁堪笑，欲学庞公隐鹿门。

丫巾洞

玉髓凝流坎洼杳，一勺沧溟湛清晓。
冰绡剪碎鲛机空，影蘸玻璃楚天小。
剑客飞符山鬼哗，拳须沁冷飞冰花。
龙光闪闪雷霆走，天势欲倾河汉斜。

徐湖：生卒年不详，常山人，与吴与弼有和诗。

草萍驿题壁诗

莫道深山不产材，春风到处野花开。
草萍官道年年在，一任行人自往来。

郑学醇：生卒年不详，字承孟，号慕洲，广东顺德人，明隆庆元年（1567）中举，历任武缘知县、南宁知府，著有《勾漏集》《浙游草》《清晖阁草》等。

草萍古驿

寒风吹雨欲成花，远道行人倍忆家。
地拆东南分楚越，路从台斗望京华。
松林蔚蔚依山转，麦垄青青逐涧斜。
暝色渐看城郭近，女墙官树遍栖鸦。

浙河春望

东风吹暖拂缨尘，草树依微入望新。
绣陌晓嘶金勒马，画帘春倚玉楼人。
阳和喜就他乡色，迟暮偏怜拥褐身。
烟景五湖天共远，断肠归雁数声春。

石门阻雨

凉雨夜潇潇，寒江暗上潮。
感时堪泪尽，别路易魂销。
有梦悬青雀，无心问黑貂。
惟应待明发，渐与故山遥。

从挂榜山步至黄塘

十里黄塘路，青鞋信杖藜。
沙回笼岸尽，山回幂云低。
衰草寒蛩歇，荒榛暮鸟啼。
野桥清浅处，疑涉浣花溪。

谢迎：生卒年、籍贯不详，曾任布政使。

常山期方棠陵不至

金川渡口片帆斜，风卷滩声杂鼓挝。
叠叠溪山萦驿路，蒙蒙烟树隐村家。
高秋天外悲寒雁，落日城头急暮笳。
有约棠陵何不到，一樽谁共对黄花。

倪宗正：生卒年不详，字本端，浙江余姚人，明弘治十八年（1505）进士，官至广东南雄府知府，尝以言事廷杖，谥文忠，著有《小野集》。

常山奉恩寺待方棠陵不至

山雨鸣不歇，寒溪流更深。
沙鸥飞树杪，客棹阻山阴。

惆怅空高眺，萧疏感旧吟。
匆匆游宦路，灯火想论心。

常山重开亭次韵和李南渠进士

万竹山中开此亭，依然重见故山青。
石泉况复增萧爽，风月真能养性灵。
四壁鏊阴当夏合，满空霜信未秋听。
平生与汝岁寒意，未到亭前心已铭。

陆宝：生卒年不详，字敬身，一字青霞，鄞县（今属浙江宁波市）人，明末抗清，倾家输饷，兵败遁去，久之归，著有《悟香集》《霜镜集》。

发常山期同游客

野径穿丛狭，山梁出谷危。
锦参霜树里，线束石泉时。
惜日催鞭早，防寒怯酒迟。
犹怜后期者，水宿问篙师。

洪珠：字玉方，福建莆田人，书法家，明正德十六年（1521）进士，官授浙江总督府，任幕宾。

布政司公馆次前韵

落日双旌天外斜，城楼隐隐鼓先挝。
邱林近地两三里，灯火荒村五六家。
短笛霜风悲旅雁，孤魂江月惨胡笳。
忍将心事从头数，五十如同梦里花。

编者注：载于清光绪《常山县志》。

赵林：生卒年、籍贯不详。

昭庆寺

十载奔驰鬓欲霜，旧游陈迹半凄凉。
高松不偃真僧去，长锡遥飞古刹荒。
风吼佛天闻梵响，月窥禅榻逐灯光。
可怜兴废无常势，禾黍蓬蒿觅汉唐。

樊莹墓[①]

尚书幽宅绣溪原，华表嶙峋石兽蹲。
一代典型惟直道，三朝风力有清论。

山云长护蛟龙蜕，草木深知雨露恩。
还化至今八十载，令人起敬俨如存。

编者注：①樊莹墓，在何家乡大尖山（俗称石人石马山）。

超霞台

超霞台上踏春晴，海日熙熙松外明。
柳眼静窥人少老，鸟声频笑世亏盈。
碧天向午自云尽，青草知时逐地生。
喜见阳和回宇宙，衰躯拟解絮袍轻。

慕仙亭

幽境无媒路自通，浪游行过小桥东。
笑看赤脚仙踪在，醉卧白云酒力雄。
野墅地偏山落落，秋江宇定月空空。
归逢未半忽生冷，萧飒谁家一笛风。

胡甲桂：生卒年不详，字秋卿，江苏昆山人，明崇祯年间入国学，清兵破城，被俘，不屈自杀。

夜泊常山

淙淙滩响上舟迟，到面山容未接移。
更喜月明迎短棹，吴吟细听隔船词。

江子颐：生卒年、籍贯不详。

七贤堂赞

峨峨三衢山，亭亭七贤堂。
山寿亘今古，贤名与俱长。
贤以政事著，炫日华文章。
一一在简册，烨烨流馨香。
所以载雪溪，卜筑堂之傍。
闻孙人中龙，少小真昂藏。
论道讲列圣，读书满千箱。

邱云霄：生卒年不详，字凌汉，号止山，崇安（今属福建武夷山市）人，官柳城县知县，著有《止止集》等。

雪中访徐龙阳留酌

骑马雪中去，仙家醉不还。
何时菊酒熟，重得访金丹。
寻仙白龙洞，坐我苍玉屏。
归来醉恍惚，记得参同经。

连青：生卒年、籍贯不详。

早发玉山至常山

月出风辞缆，鸡鸣雨度关。
草深官舍外，人语石梁间。
津树随桥转，林鸦向客闲。
笋舆八十里，半似故乡山。

宿常山县楼有怀

楼势出青枫，凭高兴不同。
人烟山色里，客梦雨声中。
梁燕两相得，帷灯孤自红。
乡书还在箧，江上少归鸿。

童颜：生卒年不详，明嘉靖二年（1523）任常山教谕。

东深渡[①]

往往来来三里滩，春光秋月几经看。
而今我与滩相别，欲说缘由怕齿寒。

编者注：①东深渡，在三里滩。

吴瓘：生卒年不详，字伯阳，一字莹之，晚号竹庄老人，浙江嘉兴人，曾任常山县丞。

三江渡[1]

王事经由雨乍晴，人家鸡犬寂无惊。
声名付与三江水，万古同流彻底清。

编者注：①三江渡，在县北二十五里。

詹在泮：生卒年不详，字献功，号定斋。常山人，詹莱之子，明万历十一年（1583）进士，官至广东按察使，著有《诸儒微言》《说书随笔》等。

四贤祠二首

其一

四贤祠宇夕阳残，门掩空庭古洞寒。
一鸟不鸣山寂寂，连峰深树露团团。
殷邦完节三仁远，晋室存孤二客难。
借问寺前名利者，往来应为解征鞍。

其二

新祠相对西峰回，驿路遥连洞口斜。
石涧鸣泉流夜月，岩松倚殿落春花。
云藏山藻迷丹桷，香入苹蘩映紫霞。

回首凤凰山下路，古槐零落乱啼鸦。

修道庵

披星拂雾访仙山，山在虚无缥缈间。
巨壑阴沉龙虎窟，古松屈兀雪霜颜。
桃源渔父无鸡犬，汉水神姬有佩环。
歇马独来礼兰若，磬声徐罢一开关。

长春馆

小结亭台傍习池，野鸥地主自相宜。
筼筜雨洗涓涓净，菡萏风吹故故垂。
徒倚不妨随命酒，推敲何事数赓诗。
因思城市有佳境，长在春中人不知。

詹思谦：生卒年不详，字牧甫，常山人，明万历甲戌（1574）进士，著有《詹思谦游稿》。

修道庵

偶随飞雁度秋山，山霭遥分屏曲间。
菊倚霜篱呈湛色，鹤盘云树下苍颜。
空潭有影明楼榭，回涧无心响佩环。
坐起窅然迷所对，却看烟月满禅关。

修道庵

禅关终日闭，尘鞅复经过。
云气侵裳冷，山光拂袖多。
花迎青帝色，雁度白霜波。
坐起浑忘我，翛然发浩歌。

李齐芳:生卒年不详，字见甫，成安县（今属河北邯郸市）人，明嘉靖三十五年（1556）进士。

修道庵

不读高僧传，谁知此地幽。
空非修果见，客岂为停留。
山月心同寂，床云水共流。
任劳车马过，怎肯易王侯。

程秀民：字天毓，浙江衢州人，明嘉靖十一年（1532）进士，任建宁知府。

修道庵

宦辙三年此地过，重来还是旧山河。
欣逢羽客询前事，自觉羁怀发浩歌。

绿树倚云藏翡翠，青崖近日长藤萝。
如今已作归田计，不问羊肠险如何。

陈联芳（1527—1588）：字以成，福建长乐人，明嘉靖三十五年（1556）进士，任监察御史。

修道庵

晓随匹马踏青霞，暂憩疏亭日未斜。
流水落花心自在，教人长羡白云家。

詹沧：生卒年不详，常山县城后园人，著有《春秋揆义》。

茗源寺[①]

冲破残云绕遍山，才知深处有禅关。
落花满路人无到，野蔓牵门僧自闲。
吟赏独怜林壑异，醉归翻恨酒怀悭。
沙门法界应非远，了得凡缘定可攀。

编者注：①茗源寺，在县东三十里浮河处。

徐津：生卒年不详，常山人。

大善庆庵[1]

十年不到此禅关，今日登临兴不懈。
万木凌霄千嶂合，四时流水一山寒。
鹤来洞口云初定，人出尘寰心自闲。
嗟我未能忘世虑，倚天长啸暂开颜。

编者注：①大善庆庵，又名圜翠庵，在距县五十里七都西山上。

客怀

白云回首暗巫门，绿发苍苍碧眼昏。
乱后情怀千日醉，故交文物几人存。
秋深狡兔先成窟，日落归鸦尚识村。
楼上风高笳鼓急，楚卿多有未招魂。

哀李江州

强虏西来把汉旌，浔阳烽火照江明。
朝廷重镇推虞诩，风雨孤臣失杲卿。
战哭几家思旧尹，鬼兵长夜护空城。
王师百万知何地，春草春波独怆情。

金皋：生卒年、籍贯不详。

白龙洞

石窦淙淙响麓幽，土人云是白龙湫。
水光昼汇停云卧，莎影晴梳绕洞流。
世路多岐惭我拙，空门无着爱憎修。
平畴咫尺虚龙德，分润还须遍九州。

编者注：载于明万历《常山县志》。

丁纯（1504—1576）：字质夫，号海滨，河南长垣县教谕。

九日登常山

昔逢佳节多豪兴，老共清游重感怀。
足病翻嫌山屐软，鬓丝羞向野花开。
风吹池藻牵长带，雨发荒碑阴叠苔。
我欲杖藜遍临眺，斜日半落起浮埃。

侯廷柱：生卒年不详，字子任，诸城人，明嘉靖二十五年（1546）进士，历任襄阳知县、户部给事、刑部给事等职。

山游即事用丁海滨壁间韵

可惜春将暮，登临一放怀。
岩花当槛落，樽酒面山开。
听鸟依泉树，看碑拂石苔。
归来天欲雨，为我涤尘埃。

游常山

癖性耽山水，况逢三月三。
清尊留古寺，素发照空潭。
雨歇岚光静，春深花气酣。
莫嫌归路晚，别墅更停骖。

再游常山

诗情飞远岫，人影落空潭。
雨霁岚光净，春深花气酣。

无名氏:

延寿寺[1]即事

招寻闲扣白云扉，一角香台涌翠微。
庭鸟因风来竹院，山花随月上人衣。
炉烟细入帘波卷，萤火轻于佛面飞。
幽景最宜尘外赏，此中谁与问禅机。

编者注：①延寿寺，在县北三十五里。

樊义：生卒年不详，常山县辉埠人，明景泰四年（1453）与其弟樊芳（亦作樊方）同科考中举人。樊义于明代天顺年间任莆田教谕。

京邸哭弟二首

其一

一别音容再睹难，客中姜被半成单。
会期同折郄林桂，谁意先凋谢砌兰。
归鹤怨深辽海月，征鸿声断楚天寒。
可怜留得遗文在，几度相思拭泪看。

其二

故园东望路茫茫，憔悴多应忆季方。
自谓长卿多病久，讵云贾谊少年亡。

联芳桂籍名犹在，共业芸窗事已荒。
惆怅音容何处是，悲鸦古木正斜阳。

汪应轸：生卒年不详，字子宿，号青湖，浙江绍兴人，明正德十二年（1517）进士，官至江西提学佥事，著有《青湖先生文集》。

文笔峰

山风满袖江上来，江山如画白云开。
帆樯回荡随飞鸟，楼馆峥嵘接上台。
弄月清箫回紫凤，栖霞古洞没苍苔。
等闲误认桃源路，何处秦人尚未回。

草萍驿次林见素韵

千山钟秀属谁当，江浙通衢万里航。
寒暑无情随物变，乾坤有路任人忙。
功收汗马心逾赤，道逐岐羊发欲苍。
此去正应思揽辔，几时绿野得开堂。

草萍驿次韵哭阳明一川二先生

乳臭其能国士当，沟渠屡此济川航。
英魂仗节事已毕，上将提兵思不忙。
一邑两贤争日月，千年双泪坠穹苍。

闲行翻为伤多事，安得明谟坐一堂。

白龙洞见郑少谷书壁并思朱白浦

郑少谷，朱白浦。
风月襟怀，庙堂气度。
客边落月在空梁，秋风此夜相思苦。

白龙洞期方思道不来

白云去已久，洞口水潺潺。
我亦偶然到，君归何处闲。
书屋连深树，樵歌落半山。
此中如不住，犹尔在尘寰。

衢州道中勉十弟

知子璠玙器，青云志不坚。
红颜薄轩冕，白日爱诗篇。
禾黍牛羊散，巾鞋鸥鹭边。
还将耕读事，课子在灯前。

酬常山吴大尹宜兴人

吴子江东彦，鸣琴浙水西。
万山开宅里，八省接轮蹄。

暇日登高阁，观风过远溪。
未须花满县，春在绿阳堤。

常山行至十里铺

山行才十里，日光半松径。
草露忽已晞，懒樵梦初醒。

郑鹏：生卒年不详，福建闽侯县人，字于汉，明弘治十四年（1501）举人，曾任淮安教谕，著有《编茗集》。

过常山示儿辈

蜗角蝇头底事劳，高牙大纛愧英豪。
敝裘惯被青山笑，破帽频将白发搔。
忽见梅花惊岁暮，强斟竹叶借颜酡。
不才弃置应吾分，出处方将戒尔曹。

徐万夫：生卒年不详，常山人。

无题

何年种子作高林，白日风霜满太阴。

已遣赤蚪供净钵，长教玄鹤望遥岑。
真空了悟知音晓，色相那沾福利心。
些小莫言非坐贝，宗门开啖惜犹今。

李崧：生卒年不详，字应岳，西安府咸宁县（今属陕西西安市）人，明嘉靖四十一年（1562）进士，此诗乃为李崧和徐元春联句诗。

登塔山半闲亭①

壮气吞吴楚，乾坤一剑雄。
江山苍霭外，楼阁暮云中。
野性同麋鹿，乡书忆雁鸿。
半闲亭上客，乘醉御天风。

编者注：①半闲亭，在塔山集真观左侧。

秦云：生卒年不详，长洲（今属江苏苏州市）人，字肤雨，号西脊山人、诸生，著有《裁云阁词钞》。

赵公岩

青山姓赵凭谁考？赵公在山山亦好。
万物本因人重轻，彦伦若遭此山恼。
始知无情别有情，圣贤可以传吾名。

廉泉让水至今饮，舜江禹穴他人惊。
曾读大明一统志，看尽乾坤多少事。
从今便欲示后世，不独区区一名字。
常山之北十丈岩，山腰石壁高巉岏。
广深下覆若峻宇，真宰曾费神工劖。
悬溜多年成物状，势走雄蹲不相向。
观音大士坐偃蹇，法筵龙象神俱王。
微时赵抃访岩居，麋鹿为群读古书。
千载云龙未有梦，五湖风月食无鱼。
自从汗竹丹青后，名与青山齐不朽。
何如今古与古今，还将赵岩配谷口。

丫巾洞

天南诸峰相勾连，倚伏之势何蜿蜒？
狼跄虎仆蹑其后，蛟腾凤翥当其前。
东南丰隆震天鼓，神禹挥戈罔象舞。
防风后至诸侯惊，专车骨碎蕤宾斧。
轩辕大纛从西来，兜鍪襮鞘重重开。
蚩尤怒触铜铁额，浑身倔强生苍苔。
云埋雾塞天人悸，鞭龙却行龙入地。
金身僵立莽苍中，腹背股肱同赑屃。
连拳日角霄汉间，宝髻巑岏不可攀。
海口浑涵百川水，嚼水漱石声潺湲。
幺幺神物藏其宅，旱岁从祷致甘泽。
有时变化作鱼虾，到手升沉如不隔。

丈夫隐显亦如之，弱雨冲风未可知。

借得洪涛一日便，悠扬千里上天池。

三衢山

吾闻勾践之国，乃在大江之南，沧海之西。千岩万壑四方山水会聚，处处金梯玉洞，上与星斗齐。三衢谽谺倚晴昊，猿愁猱迷无鸟道。浑如石家金谷园中，横搴云锦步障五十里。若教赤松玄一见之，定轻十洲小三岛。昔者鸿蒙之气初凿开，滔滔洚水漫天来。尧老舜忧鲧无功，土窟木巢成祸胎。天教苍水使者口衔赤符授鲧子，咨尔开山掘地泣天癸。惟有此山土赭石斥不可以逗留，遂召巨灵擘作川形。卓三矢山开地死，自古夹道草木皆不生，但见垂黄油碧往来不绝重行行。行人醉眼罨画里，安石能无丘壑情。我亦江湖怀魏阙，一寸丹心未华发。身到云烟早下来，先买轻舟向吴越。

编者注：载于明万历《常山县志》。

张旭：生卒年不详，字廷曙，安徽休宁人，明成化甲午（1474）举人，历官孝丰、伊阳、高明三县知县，著有《梅岩小稿》。

代送杨医士还常山

关西孙子浙名医（杨载），邂逅相逢又见违（王初）。

溪渡夜邀明月入（方干），乡关晴望白云归（许浑）。

天将借手开金匮（王勉），人已传名到玉墀（王湾）。

料得到家行乐处（张泌），水痕初落蟹螯肥（刘得）。

郑明选：生卒年不详，字侯升，明代浙江归安人。明万历十七年（1589）进士，官至南京刑科给事中，著有《鸣缶集》。

送许宗季归

十月风兼雨，君行不肯休。

经年同县舍，此日别江楼。

立马常山暮，开帆浙水秋。

若逢亲旧问，辛苦锦江头。

十一月初六日再入觐先遣妻子还乡

浙水东流信水西，常山高与玉山齐。

不堪独赴长安去，更向江门送老妻。

陆铨：生卒年不详，字选之，鄞县（今属浙江宁波市）人，明嘉靖二年（1523）进士，官至广东布政使，著有《石溪集》。

常山道中

驿路梅花发，晴曛野色浓。
地经乡国尽，春送客愁重。
鸟出云中树，山青雨后峰。
徘徊停盖久，绝壁倚孤松。

李埙：生卒年、籍贯不详。

百树尖

兹山尖如何，意欲齐太华。
一峰独最高，众山皆在下。
上有青树林，疑与天匹亚。
凉风真笙竽，黛色无冬夏。
半空云气寒，百道哀湍泻。
结庐者谁子？逸思凌陶谢。
爱兹风景殊，澹然尘虑罢。

吴聪：生卒年不详，开化人。

贤良峰

地拥芙蓉秀，天开混沌新。
奇形如斧凿，灵气发嶙峋。
山斗无穷仰，贤良第一人。
至今图画好，花柳定阳春。

杨大化：生卒年不详，常山人。

禹迹洞二首

其一

禹迹名仙洞，功深不易评。
巨灵开石窦，间气孕龙精。
余润数千亩，源头仅一泓。
未妨逢剧旱，有祷立丰□。

其二

开辟此岩洞，云连雾气蒸。
埋碑露仁璨，印篆识阳冰。
地拥三花树，门罗万岁藤。
不缘神禹凿，人力竟何能。

江亨：生卒年、籍贯不详。

马厓溪

今夜双溪月色新，天风拂树水粼粼。
登临漫说淳熙事，多是溪边白发人。

沈束：生卒年、籍贯不详。

南溪

闻说南溪胜，翻然起浩思。
照心明镜转，映日碧天移。
地主今相识，溪流亦在斯。
恍疑浮夜月，前棹入花堤。

王仲昭：生卒年、籍贯不详。

石姆岭

石姆之山倚天际，地灵自会钟和气。
熏蒸化作中山云，出岫氤氲含雨意。
九重天上飞真龙，挥斤列缺鞭丰隆。

欲沛甘霖苏海宇，云兮云兮尔应从。

无名氏：

和冯知县悯农祈晴

隆庆元年丁卯，雨水多。知县冯治有《悯农祈晴》诗，乃征科则益急。无名氏和诗云：

晴无多日又阴云，六月寒衣我未闻。
黑雨天低疑欲坠，青禾波压不能耘。
船于柳岸高三尺，人在江楼没九分。
自幸稍平方得命，岂知征饷又纷纷。

编者注： 载于明万历《常山县志》。

王涣：字涣文，明正德十四年（1519）举人。善画，著有《故宫名扇集》。

筑城歌

粤稽常山，旧为姑蔑，秦属太末，新安汉分，信安晋设。沿唐因宋，三衢山列舆地。自今邑隶于浙，实川陆之要会，乃东南之巨冲。草萍驿峙，縠溪水溶。遥接烂柯，青霭芙蓉。气连仙岩，白瑞云封。豫章襟喉，瓯闽心胸，四郊青蔓，万户烟重。虽因山而设险，奈屏翰之无墉。时有吴国大夫，应宿宰临，庭无翻花，堂沉宓琴，粉饰不问，保障关心。于是，师晋阳，图即墨，起下邑，为上国。策建万世，爰度疆域。利民保民，虽劳不劳。动见视指，聚散听謦。负畚云屯，相杵风号。上摩回雀，下及金鳌，想夫役徒之多也。无辽水之激恨，有南国之咏歌。蚁陈猬毛，不以为苛；朝盖暮浆，不以为疴。用财之宜也，必竭帑以发公，不受庐而害私。石不必鞭，岂牛挽驰；土不必蒸，岂人骸炊。经野法神禹，保民若尹铎。一石之崇，吾心之凿；一篑之覆，吾心之拓。筑处树恩，兹役匪霆。成不逾年，颂大夫贤。火牛莫入，万铸金坚。飞鸦莫度，自仞山巅。远而望焉，若游龙跃海，隐隐乎吐云散烟；大而拟焉，若黄河泻空，弥弥乎汇溪合川。聚之若比鳞联蝉，舒之若远野遥天。不漆而润，不益而延。楼橹日明，鸡唱曙也。女墙月来，兔走夜也。东风扇湿，春度门也。火伞张炎，夏严障也。白帝扬游，秋凝垒也。玄冥握印，冬固筑也。雨洗而碧，十山照影。雪晴而银，万瓦余冷。云过而留，由众振岭。雾笼而深，紫障藩屏。百里横金，千堞连雉。八门亶风，环池围水。土垩石白，萝碧苔紫。气夺暴客,勇慑敢士。林兵当之而颓锋,万马过之而失策。魏沙孰成，赵璧莫易，过长安之斗南，类天台之霞赤。秦筑徒袤而怨高，蜀版空锦而数回。说舌不能下，美色不能倾。诚浙腋之藩蔽，压海之名城也。城则美也，民不能忘。乃为歌曰：金城郁兮环树，睹河洛兮思禹。昔无城兮豕突，今有城兮煦煦。势排山兮踞虎，时不兵兮干舞。区画辛兮召杜，冀不崩兮万古，周我侯兮不腐。

徐琦：生卒年不详，常山人。

吊聂丞[1]

赞政声华动帝州，英魂应与凤麟游。
盐厅霜冷人心在，列岳星沉宦辙休。
循吏名终归汗简，廉官死亦镇清流。
诸郎血洒金川水，今古同声泣暮秋。

编者注：①聂丞为聂胜，新淦人。明弘治十四年（1501）任常山县丞。历任七载，亦得民心。春水方涨，泛舟候迎上官，溺而死。

徐深：生卒年不详，常山绣溪人。

父恚有感

月窟攀花难上难，好花偏借别人看。
闭门不纳亲朋话，徒有虚名在世间。

何初：生卒年不详，字原明（亦作原铭），号非非斋，常山绣溪人，何永芳大父，著有《经业》《余清文集》《孝经纂注》。

湖口

披剪荆芜立县衙，招来茅屋两三家。
谩将一片荒郊地，种作河阳满县花。

赐宴南楼

奉命论经已告成，南楼锡宴雨初晴。
云开远见山河壮，天近常依日月明。
酒泛绿樽心已醉，花簪乌帽鬓生荣。
小臣何幸沾恩泽，再和凫鹥颂太平。

王直：生卒年不详，吏部尚书，与何永芳同榜进士。

挽何翰林原铭

早年游宦赋归欤，晚岁从容到石渠。
海内共传平子赋，济南多诵伏生书。
空山寂寞秋云冷，旧室凄凉夜月虚。
欲奠椒浆嗟未得，哀歌日暮独踌躇。

李显：生卒年、籍贯不详，户科给事。

挽郑给事[1]伯森

嗟君才行最称贤，埋玉于今已半年。
青琐谏章多旧稿，丹墀射策有遗编。
阶前霜露凋书带，案上尘埃点简笺。
惟幸身名当代宠，余光还映暮山巅。

编者注：①郑给事，即郑林，字伯森。

杨寔：即杨实，生卒年、籍贯不详。

挽郑给事伯森

先生何事遽沉沦？士类咸嗟萎哲人。
十载步蟾浑是梦，一年簪笔已成尘。
空留勋业标青史，无复仪型侍紫宸。
顾我抠衣思启迪，临风掩泣泪沾巾。

徐仕：生卒年、籍贯不详。

挽郑给事伯森

昨夜文星殒紫微，士林孰不重伤悲。
丹墀龙语虽重听，青琐鸳班不要趋。
华表月明人寂寂，墓田云暗草萋萋。
人生自古谁无死，功业于君有几如。

诸演：生卒年、籍贯不详。

挽詹大章

使节重遇觅旧游，骛传已驾壑中舟。
疏林落照山城暮，寒夜空堂烟雨秋。
星子新碑人堕泪，草萍世□旧扬休。
知君了却功名念，作记徐登白玉楼。

徐广居：生卒年不详，字存仁，旧居龙绕坂。生子名之曰常，识故邑也。

嘱儿

我年五十七，薄宦来海南。
熊梦偶协灵，生汝喜是男。
神采颇不凡，爱育如春蚕。
嗟我萍蓬迹，北上着征衫。
诞汝甫半载，弃去情何堪？
我居常山里，礼义家世谈。
名汝常山奴，俾汝长能谙。
诗书冀自勉，箕裘继缨簪。
红日升海隅，苍霭辞朝岚。
庭训托慈母，父道我亦惭。
拂袖出门去，叹息忽逾三。

张承仁：生卒年、籍贯不详。

赠汪文禄[①]

东流江汉竟谁论，砥柱中流羡尔存。
萱草北堂秋已暮，尚留余色照乾坤。

编者注：①汪文禄，即汪廪生，常山石桥头人，孝子。

王琮：生卒年不详，字文玉，浙江龙泉人，明天顺八年（1464）进士。

赠詹廷初①

百行孝为本，躬行有其人。
伟哉詹处士，孝心一何纯。
慈亲属暮景，二竖良为屯。
母病日已剧，子忧日未伸。
摅心望寥廓，矢心辞已陈。
剔股然臂香，寓知骨肉亲。
儿痛既不惜，但愿康母身。
危病果平复，感格动苍旻。
报施谅斯正，福履绥有因。
酡颜介眉寿，逍遥任吾真。
忘情弃轩冕，素志甘隐沦。
卓然齿德尊，里闬谁能伦？
宜哉邑大夫，礼为乡饮宾。
养老见书翰，累牍墨花新。
装潢束牛腰，题咏皆荐绅。
续貂惭蹇劣，鱼目知混珍。
为君歌此曲，丕变风俗淳。

编者注：①詹肇，字廷初，后园人。

詹大纲：常山人，生卒年不详。

吊杨节妇徐氏

妇道贵节义，永为风化称。
投崖与断臂，一一遗佳名。
杨门有烈妇，志抱寒泉冰。
强寇触其庐，刃首良可惊。
危言夫已伤，即视生为轻。
勇烈自中发，入井同泉清。
香魂不沉溺，帅气升苍冥。
嗟彼庸妇人，颠沛惟涕零。
乞怜以求生，仅为儿女形。
君今见正气，耿耿日月星。
虽死犹不死，千古留芳名。
常俗亦已美，有君烈且贞。
纲常喜独负，允足为亲荣。
愿作国家祥，四海同升平。
愿作天下瑞，山岳钟其灵。

邵经济：生卒年不详，明代文学家，明嘉靖时人，曾任成都知府，有《西浙泉厓邵先生文集》存世。

六日发常山寻白龙洞玉溪先行因讶地主

其一

洞口一泓活水，岩头千仞玄潭。
何日白龙飞翥，至今围绕烟岚。

其二

旌旆联翩出郭，轩车踯躅登途。
为爱白龙洞古，相忘玉友先驱。

金鸡岭为信衢分界有感

白龙洞口发轫，金鸡岭上停骖。
江浙近分此界，信衢元自相参。

常山白龙洞和王笔峰韵

懒性常便麋鹿群，长途万里困尘氛。
夜行渔浦日出海，晓发兰阴江吐云。
入蜀未缘窥汉相，出关早已愧终军。
白龙洞口分杯酌，隐隐风烟含夕曛。

徐之俊：生卒年不详，常山人，明万历十年（1582）举人。

长春馆

南州高士开新馆，绝胜当年载酒亭。
近水修篁常袅袅，排轩古柏何青青。
灌园不厌频携瓮，养鹤犹烦自劚苓。
地僻红尘应不到，几人能识少微星。

赵说：生卒年、籍贯不详。

茗源寺

一片闲情恋碧山，幅巾终日卧云关。
静中吟韵篇篇好，方外相逢个个闲。
蒲坐喜延僧话久，芒鞋偏向利途悭。
胜游不尽登临兴，绝壑层岩次第攀。

王升：生卒年不详，字超之，号念生，明代松江府华亭（今属上海）人，明万历四十四年（1616）进士，曾任常山知县，后升工部主事，改兵部职方司，进太仆寺少卿。

古惠安寺禅堂

寂历亭皋问胜游，西峰爽气给园收。
树如摩顶霜枝古，龙已盛盂夜壑幽。
不任径竹供鸟悦，无端饶舌向师投。
归途若解听来偈，涧溜涓涓月满裘。

陶荣龄：生卒年、籍贯不详。

古惠安寺禅堂

其一

磴崙云根仄，新栽花木鲜。
香浮玄马石，茗煮白龙泉。
借筏何须筏，忘筌便是筌。
谁堪青眼对，不为爱逃禅。

其二

大乘宣流处，西高有导师。
精修开净土，嫡派接莲池。

一片婆心切，多方广舌疲。
浮生应有托，愿得借慈悲。

郭孔太：生卒年、籍贯不详，著有《书传正误》。

古惠安寺禅堂

莫逆同心意气频，是僧是俗合莲宗。
相期长啸莲花国，七宝楼台映远峰。

钱洪：生卒年、籍贯不详，又名先竹深府君。

送徐守民归浙之常山

壮游湖海几经年，老气凌云雪满巅。
诗思已成芳草梦，归心又上木兰船。
长亭人折春前柳，驿路梅开雪后天。
万壑千岩旧形胜，酒樽茶灶向谁边。

许身：生卒年、籍贯不详。

赠詹思虞

奏成三载绩，名动五茸城。
摄邑施仁普，司刑摘伏明。
芳声悬日白，苦节带霜清。
汉殿今虚席，征书下玉京。

陆万言：生卒年不详，字从平，松江府华亭（今属上海）人，工书画。

赠詹思虞

使车到处甬神明，又见旌书出帝京。
家世喜联朱黻映，郡朝总识玉壶清。
待封门自于公启，执法人推大府平。
高第入朝应计日，主恩幸小借苍生。

陈知章：生卒年不详，常山东鲁人，曾任明淮府伴读。

东鲁八景

群山环绕

画空一脉起崔嵬，远接昆仑海上来。
万叠雄峰龙凤势，千嶂乔木栋梁材。
地钟秀异人民聚，天灿晶明日月开。
已隔红尘千万里，人间别有小蓬莱。

古道通衢

迢迢万里贯华戎，每日尘飞马足风。
信宿渔樵随上下，往来商旅自西东。
遐方群国千山限，圣代车书四海同。
我欲步云扳月桂，也凭斯道达天宫。

义廪周荒

圣朝周济注深仁，义廪储收总为民。
凶岁尽教无冻馁，丰年更喜积仓囷。
周家大赉功何壮，汉世常平效已臻。
食足信孚伦俗懿，太平常乐帝王春。

舆梁济涉

巍巍千尺跨长川，螮蝀横斜雨后悬。
影落波心龙蛰动，光浮天际斗牛连。

挥毫每驻凌云客，策蹇频来踏雪仙。
任尔洪涛并巨浪，往来衣履不须褰。

东山霁月

云尽长空夜色开，嫦娥一鉴出蓬莱。
遥悬碧汉光无际，始出沧溟净危埃。
茂叔吟时胸益酒，嵇生醉后玉山颓。
几回把酒清辉下，欲问惭无太白才。

南洞灵湫

萧萧寒洞郁山南，山下清流注石潭。
云散龙窠天影倒，月明蛟室夜光涵。
濯缨恒使尘心洁，润物多将惠泽覃。
几度旱干孚祷祀，电光千尺闪灵岩。

笔峰拱闬

如颖如毫圆复尖，高标山臬有人瞻。
远挥天外云霞烂，近峙齐前剑戟铦。
千古文峰流宇宙，四时秀气拥闾阎。
也知曾历江淹梦，花草班班五色兼。

狮象悬门

团团水口两峰横，狮象相威俨若生。
应是天工施巧技，故令物象就奇形。
几时飞去参舆辇，尽日昂藏吼太清。
闻说此中多孕秀，更期麟出瑞文明。

邹宏道：生卒年、籍贯不详。

题何氏联桂巷

伯仲才华竞擅场，双攀仙桂白云乡。
枝分月殿山河影，花落天门雨露香。
御墨看题新赐额，宫袍惊叠旧连床。
高堂具庆欢荣日，更听埙篪奏乐章。

编者注：诗又名《题联桂卷赠何原吉原铭二进士》。

徐璧：生卒年、籍贯不详。

木棉岭

莫向层崖叹道难，我看门外即冈峦。
若教解得安危计，鸟道羊肠处处看。

尹廷高：生卒年不详，字仲明，号六峰，处州遂昌（今属浙江丽水市）人，著有《玉井樵唱》三卷。

寓信安寺僧舍

羁愁野寺两凄然，又是西风落叶天。

疏雨半帘浇客恨，白云一榻对僧眠。
孤吟天地知何益，只影江湖只自怜。
唤醒十年乡国梦，空山古木乱鸣蝉。

郑铉：生卒年、籍贯不详。

石姆岭

曲曲洼流缓缓行，两崖怪石动吾情。
景多琢句诗难就，山半斜阳又促程。

时季照：生卒年不详，浙江慈溪人，少机敏，好学能诗，著有《梦墨稿》。

题何侍御[1]梦桂轩

高轩八月秋风凉，秋风吹桂生天香。
天香入梦吉先兆，觉来三日登科场。
文章落笔壮且丽，揭榜争看中高第。
明年廷对宴琼林，果然折得蟾宫桂。
乃知佳梦信有征，执法乌台传姓名。
豸冠侍班百僚肃，骢马行部群邪惊。
我乏天才愧王勃，亦向窗前曾梦墨。

去年试艺玉堂署，进拜金銮承宠禄。

梦墨梦桂虽不同，绣衣同职乌台中。

五更趋觐天九重，联镳接袂欣相从。

编者注：①何侍御为何永芳。

宋淳：生卒年、籍贯不详。

题孙伯泉堪旧赠石川画景

乘兴登临席每移，闲云野鹤亦相随。

天青白帻烟浮岛，日射黄金菊满篱。

香动竹根时刻句，静闻松顶一弹棋。

人间不道蓬瀛远，望断中流树影垂。

程本立：生卒年不详，字原道，桐乡（今属浙江嘉兴市）人。明建文时征入翰林，预修《太祖实录》，擢右佥都御史。靖难兵至，自缢于应天府学，著有《巽隐集》。

赠良医杨士达

南京旧识杨医师，北来中都重见之。

亲王纪善为作传，护卫将军能赠诗。

石田芝草白云里，丹屋杏花春雨时。

刀圭乞我脱凡骨，身到玉堂应未迟。

王汤臣：生卒年不详，王介后裔，常山上源人。

汤臣公自吟二首

其一

锦屏罗列水绕山，南北高峰一望间。
落霞飞鹜相上下，曾如出岫白云间。

其二

更上层楼高矗矗，青葱惨淡多林麓。
京华远怀圣明朝，千里云山此极目。

荣二十八公哀词

几白泉山碎瓮泥，谁知今作砚山题。
瑞云凝锁龙岗拥，宿草环封马鬣肥。
井井四维昭白日，惺惺一念映清溪。
惠心自尔思镌刻，拭泪研朱表至仪。

无名氏：

明万历《常山县志》载：万历三年乙亥夏，大旱。冬，雨水。晚禾俱无收，米价高贵。民谣有云：

其一

端午跨冬至，不雨垂三季。
有时落数点，膏泽哪润地？
晚禾尽晒死，黄粟亦俱瘁。
乡民告旱灾，语言侵县治。
哀哉韩太守，卧病劳抚字。
察院命开仓，赈六分粜四。
义官乃故违，颠倒用私智。
秤头又微增，驾言县觅利。
监院奏天庭，官卒寝其事。
百姓奈之何，相看徒自泪。

其二

冬至越春节，非雨即是雪。
元旦望花朝，风号犹迭迭。
春深宜暖和，胜于冬凛冽。
白云前弄影，半空云随湿。
米珠果薪桂，贫灶烟火绝。
里甲不达时，来报钱粮缺。

夏税并条编，要银与谁揭？
嗟嗟彼上苍，民望实为切。
晴何令饥荒，雨何增磨灭。
天地犹有感，中庸非空说。

李奎：生卒年不详，字伯文，号龙珠山人，钱塘（今属浙江杭州市）人。工诗，著有《龙珠山房诗集》《湖上篇》。

常山旅舍

近楚地先秋，频年向此游。
山回全绕市，水尽不通舟。
过岭分诸粤，连滩起别洲。
不堪乡土梦，夜夜到林丘。

凌立：生卒年不详，字子仲，号双桥，钱塘（今属浙江杭州市）人。明嘉靖三十二年（1553）进士，有《碧筠馆诗稿》。

留棠八景为常山周定阳题

留棠八景画图开，中有高人卜兆来。
叠石高峰常拱抱，晓耕晚牧日徘徊。
前修出处传青史，古驿驰驱接梵台。

隐隐山灵钟秀异，端宜继起尽英才。

作者注：定阳父素庵墓在留棠，其八景曰：高峰虎啸、叠石龙蟠、唐坞晓耕、璩村晚牧、贤良旧隐、学士新词、紫竹禅栖、金川驿骑云。

潘潜：生卒年、籍贯不详。

寄何进士璞庵

樽酒论文惠爱多，别来已觉两旬过。

相思午夜情如醉，渭树江云奈若何。

编者注：载于《绣溪何氏宗谱》。

何深：生卒年不详，号墨海，常山绣溪人。

游黄冈山

百叠层峦天接青，迂回鸟道入苍冥。

云流万壑摇银海，月映千峰透玉屏。

相业中兴宫观在，诗人南渡简编零。

我来空向高山望，北斗频移觅四星。

编者注：载于《绣溪何氏宗谱》。

何垣：生卒年不详，号石屏，常山绣溪人。

题骢马桥

长虹百尺卧芳洲，俯瞰滢洄碧似油。
此日碑铭留几字，当年史笔凛千秋。
缥湘世业家声远，箕尾星沉宦迹留。
拟作题桥惭司马，归来独坐向东楼。

编者注：载于《绣溪何氏宗谱》。

胡介：生卒年不详，字彦远，号旅堂，钱塘（今属浙江杭州市）人。明诸生，入清不仕，晚年信佛，工诗，有《旅堂诗集》。

泊信安寄侯记原、研德

几日滩头坐不行，清江渺渺繁忧生。
草萍驿南畏暴客，仙霞岭北愁回兵。
出门旧熟旅人苦，闭阁转深高士情。
闻道瞿西风土好，与尔兄弟俱耦耕。

后　记

“梅子黄时日日晴，小溪泛尽却山行。绿阴不减来时路，添得黄鹂四五声。”宋代诗人曾几的一首《三衢道中》，将初夏时节的常山景色描绘得空明灵动、妙趣横生，堪称中国古代诗词的经典。

常山，地处钱塘江的源头，浙、赣、闽、皖四省交界处，素有“八省通衢，两浙首站”之称。建县于东汉建安二十三年（218），始称“定阳”，迄今已有一千八百多年历史。

这里自古人杰地灵、人文荟萃，尤以宋代文化为盛。常山历史上共出过一百三十二名进士，宋代的就占了九十一名。宋代常山的第一位进士、吏部尚书汪韶，一门书香极盛，创造了“一门十八进士”的惊人纪录。章舍贤良王氏，弟、子、侄皆登进士第，时有“一门九进士，历朝笏满床”之誉。其中王介与当时的社会名流欧阳修、王安石、苏轼、苏辙、曾巩等人交往甚密。北宋嘉祐六年（1061），在宋仁宗赵祯亲自监考的“贤良方正能直言极谏科”考试中，仅苏轼、王介、苏辙三人入选，王介的才气可见一斑。“宋四书家”之一的米芾曾为王介之子王涣之书《送王涣之彦舟》，其被归入“天下第八行书”《蜀素帖》。何家乡江氏的进士人数也非常可观，有“一门三御史，九子十登科”之誉。南宋宰相文天祥曾为《江氏宗谱》题书“御史之家”。

古代进士及第的文人，一般都擅长吟诗作赋，给常山留下了不少宝贵的诗篇。

常山江古称“金川”，曾是来往南方八省的必经水道，是水陆运转、舟车汇集之地。宋室南渡后，常山江更是成为“两浙”连接南方诸省的重要枢纽。古诗云：“日望金川千张帆，夜见沿岸万盏灯。”可见当时之繁华。常山江沿岸风光秀丽、古渡众多，无数文人墨客或乘船破浪，或乘篮舆观光，或步行览胜，在这片土地上留下了诸多脍炙人口的名篇佳句。其中就包括唐代的刘长卿、韩愈、杜荀鹤，宋代的王安石、苏轼、米芾、李纲、赵鼎、汪应辰、杨万里、曾几、陆游、范成大、朱熹、辛弃疾，明代的刘基、王守仁、陆深、林俊、文徵明、孙承恩、徐渭、吴与弼、汤显祖，以及清代的李渔、查慎行、顾嗣立等名家的作品。尤其是宋代，常山江上闪耀的名人足迹和动人诗句灿若繁星，造就了一条文化史上罕见的“宋诗之河”。

2021 年 9 月，浙江省委召开文化工作会议，提出深入推进新时代文化浙江工程，在打造以宋韵文化为代表的浙江历史文化“金名片”上不断取得新突破。“宋诗之河”常山江是一处研究宋韵文化的富矿。按照省委的部署要求，常山县积极融入“宋韵文化传世工程”，加快推进“宋诗之河”文化带建设，着手“宋诗之河”文化基因解码工作。

有关专家学者和社会各方人士共同努力，用时三个多月，共收集、整理目前可查证的涉及常山的诗词约四千首，形成了《常山唐宋诗词集》《常山元明诗词集》《常山清代诗词集》《常山家谱诗词集》等四部古代诗词集。限于条件，恐仍有部分诗词未能完全收录，编者团队将继续做好发掘、整理和研究工作。

习近平总书记指出:“学诗可以情飞扬、志高昂、人灵秀。”(《人民日报》2013 年 3 月 3 日,《习近平在中央党校建校 80 周年庆祝大会暨 2013 年春季学期开学典礼上的讲话》)这明确阐释了学诗与陶冶情操、激励斗志、塑造性格的关系。诗词可以言志，可以传情，可以明史，习近平总书记要求全社会活学活用中华传统文化中的经典诗词，以提升境界、驰骋才华，助推事业的发展。

我们汇编《常山古代诗词集》,旨在挖掘“宋韵文化”底蕴，弘扬优秀传统文化，打造常山江“宋诗之河”文化品牌，彰显文化自信，加快文化赋能，助推共同富裕，展现常山“浙西第一门户”的独特文化魅力。

三衢道上东风醉，山色波光总是诗。让我们一起回溯折叠的时间，走近常山江“宋诗之河”，诵读绝美诗句，品味经典文化，感受宋风雅韵。

编　者

2022 年 11 月